版编目（CIP）数据

5 / 凤凰书品编 . —长沙：湖南文艺出版社，2013.2
78-7-5404-5894-2

戈…　Ⅱ . ①凤…　Ⅲ . ①书评—中国—现代—选集
236

图书馆 CIP 数据核字（2012）第 294584 号

大众文化

凰书品
青华
健　刘诗哲
菲　潘　良
霞
娜
锐
文艺出版社
市雨花区东二环一段 508 号　邮编：410014）
wy.net
州皇家印刷厂
店
× 1120mm　1/32

月第 1 版
月第 1 次印刷
7-5404-5894-2

质量监督电话：010-84409925）

图书在

我读.

ISBN 9

I . ①我

IV . ① C

中国版本

© 中南博

权利人许可

面、版式等

上架建议：

我读 5

编　　　者：凤

出 版 人：刘

责任编辑：薛

监　　制：蔡明

特约编辑：张建

封面设计：张丽

版式设计：利

出版发行：湖南

（长沙

网　　址：www.h

印　　刷：北京通

经　　销：新华书

开　　本：775mm

字　　数：120 千字

印　　张：9

版　　次：2013 年 2

印　　次：2013 年 2

书　　号：ISBN 978-

定　　价：32.00 元

（若有质量问题，请致电

爱书人的伦敦

南京安魂曲

寂寞者的观察

一个时代的斯文

隐居·在旅馆

隐私不保的年代

爱书人的伦敦

伦敦的崛起

知识分子打造的城市

贺利思（Leo Hollis, 1972— ），生于伦敦，作家、历史学家。热衷于研究伦敦历史，著有：*Historic London Walks*（2005）和 *The Stones of London: A History in Twelve Buildings*（2011）。

伦敦大火之后出现的，与其说是一个崭新的城市，不如说是一场观念的革命。

几乎没有人怀疑，伦敦是座了不起的城市。英国威廉王子的大婚典礼让世人再次看到这个皇家贵族的舞台依旧很漂亮。伦敦也是全球重要的金融中心和创意产业中心。可是谁能想到，这座城市曾经遭遇过灭顶之灾。

那是 1666 年 9 月 2 日，一场大火几乎将伦敦夷为平地。[1] 然而在不到 60 年时间里，伦敦再度崛起，成为欧洲最大的城市，也为后来成为日不落帝国的帝都打下雄厚的基础。短短几十年间发生了什么？伦敦是如何浴火重生的呢？

17 世纪下半叶，凤凰涅槃前的伦敦已经走到瓦解边缘。当时伦敦的人口不断增加，但城区建设缺乏规划，整个城市混乱不堪。那一时期，英国政局也相当不稳定，内战接连不断，1642 年至 1648 年内战的中心就在首都，伦敦成了叛乱的温床。

在很多中国学者的叙述中，英国是一个很传统、很保守的国家，自由与民主推进缓慢，过程平稳无风险，不像法国大革命那么骚动。

[1] 1666 年 9 月 2 日凌晨，伦敦普丁巷一间面包房失火，大火燃烧整个城市四天，约六分之一的建筑物被毁。

可事实并非如此，很多人知道英国的光荣革命，却忽略了克伦威尔[1]专政时期。当年克伦威尔率领所谓议会派的政治家，将国王推上断头台，然后掌权五年。后来王室复辟，但市民很不满意新国王，于是迎来了荷兰的奥兰治亲王威廉[2]，由这位入侵者掌管朝政。

经历瘟疫、内乱和大火的摧残后，伦敦的重建主要靠什么人呢？在《伦敦的崛起：知识分子打造的城市》这本书里，贺利思提到了五个中心人物：雷恩爵士[3]、伊夫林[4]、胡克[5]、洛克[6]、巴蓬[7]。这五个人家庭背景不同，但青少年时期都经历过英国那段动荡不安的岁月。他们思考了一些非常基础的问题，比如什么叫知识、什么叫科学、一个国家的秩序该如何建立。他们推崇新哲学，认

[1] 奥利弗·克伦威尔（Oliver Cromwell，1599—1658），英国政治家、军事家。曾就读剑桥大学，信奉清教思想。在1642年至1648年两次内战中率军击败保皇党，1649年处死国王查理一世，成立共和国，1653年建立军事独裁统治，自任"护国主"。1658年病逝，享年59岁。

[2] 奥兰治亲王威廉（1650—1702）是詹姆士二世的女婿，在1688年英国光荣革命中率军登陆英国，1689年任英国国王，史称威廉三世。

[3] 克里斯托弗·雷恩爵士（Sir Christopher Wren，1632—1723），英国天文学家、建筑师。在伦敦重建过程中担任灾后复兴委员会要员，重建了包括圣保罗大教堂在内的52座教堂。

[4] 约翰·伊夫林（John Evelyn，1620—1706），作家，英国皇家学会创始人之一。著有《日记》《戈多尔芬夫人的一生》等。

[5] 罗伯特·胡克（Robert Hooke，1635—1703），物理学家、天文学家、英国皇家学会会员。他制作和发明了显微镜、望远镜等多种光学仪器，在伦敦重建过程中担任测量员、伦敦市政检察官。

[6] 约翰·洛克（John Locke，1632—1704），英国经验主义哲学创始人、宪政民主思想的开创者。著有《论宽容》《政府论》《人类理解论》等。

[7] 尼古拉斯·巴蓬（Nicholas Barbon），英国牙医、商人。1680年开办世界上第一家火灾保险营业所，被誉为"现代火灾保险之父"。

圣保罗大教堂

为所有知识都应以眼见的事实为基础，然后归纳起来，逐步建立一个稳固的知识大厦。这原本属于学问范畴，但他们一旦掌握了机会，就开始将概念上的革命付诸现实世界的建设。

对这群人来说，伦敦大火就像天赐良机，把整个城市夷平了，使他们有机会重建心中的理想首都。在伦敦重建过程中，雷恩爵士是个重要人物。他原先是位对什么都很好奇的学者，也是英国皇家学会[1]的创始人之一。这个学会一开始更像是个表演机构，一群知识分子表演如何做科学实验，把科学新知介绍给普通大众。在伦敦重建过程中，这群人大展拳脚，雷恩爵士变成建筑师。设计圣保罗大教堂时，他将尺寸缩小，并加上圆顶，象征未

---

[1]　皇家学会（Royal Society）全称"伦敦皇家自然知识促进学会"，1660 年成立，是世界上历史最长而又从未中断过的科学学会，在英国起着国家科学院的作用。自 1915 年至 1990 年，其历任会长都是诺贝尔奖获得者。

来的宗教不再以权威压人，而是以理性服人。

物理学家胡克扮演的角色也很特别，他从科学家变成城市勘察员。按照这群知识分子的想法，伦敦的重建需要非常科学地勘察每一寸土地，而勘察工作正是将新哲学应用于真实世界的理想范例。胡克把实验的方法和城市的希望结合在街道设计上。天冷的时候，他会埋怨雾气让他无法观测星球。

除了胡克，令人意外的还有哲学家洛克。洛克当年写过很多政论文章，包括著名的《政府论》。他说，如果权力并非上天赋予的礼物，那么谁有权统治呢？他认为商业社会需要由多数人同意组成的政府来保护拥有的财富，可是政府的权力是人民给予的，政府不能逾越这个底线，否则人民有权把它换掉。

洛克的意见成为英国光荣革命的思想背景，各方议员都很重视。洛克认为，有必要提醒新上任的国王：之前那些国王为什么有的上了断头台，有的被罢免，有的被放逐？不是因为过去的老规矩不行了，而是因为他们没有遵守老规矩。老规矩规定，统治者的权力有其限制范围，不可逾越界限。这种要跟国王签订宪章的想法确立了英国民主政治的走向。

洛克不只是各方人士的政治哲学顾问，还致力于提倡他认为最合理的货币政策。为此他写了一系列宣传文章，其中有一篇叫《支持英格兰以白银铸造钱币论》，认为货币应该用白银本位来保证其价值。当英国政府决定重铸银币时，参与这项工作的人是谁呢？牛顿。牛顿被任命为英国皇家铸币厂的总管，他运用自己的数学天分使会计事务变得简单有序。铸币厂每天凌晨4点开工至半夜，由300名工人、40匹马转动铸币机器，将全国的白银熔化，四周有武装部队卫戍，不让群众靠近。

在伦敦重建过程中，还有一个我们并不熟悉的人物——商人巴蓬。他从伦敦大火中看到商机，创建了世界上第一家火灾保险公司。他推崇的理念是：如果大家都学荷兰人注重商业贸易，各种意识形态的冲突就会变得温和、淡化。这种自由主义思想至今仍有很多人信服，而它源于300多年前那场毁灭性的大火。伦敦大火之后出现的，与其说是一个崭新的城市，不如说是一场观念的革命。

（主讲　梁文道）

Book Lovers' London

伦敦书店

Lesley Reader，英国旅游作家。著有旅游指南系列，如 *AAA Spiral Guide: London* 和 *The Rough Guide to First-Time Asia*。

这家书店有一个厨房，你在那儿看书，多半还能闻到炒菜的香味，忍不住想尝上一口。

大家如果有机会去伦敦，不妨逛一逛伦敦的书店。我认为伦敦是全世界看书、买书的最佳城市之一，而且语言没有太大障碍，只要对英语略懂点门道，都可以去逛，不像其他地方。比如日本东京，那儿的书店也很集中，种类也很繁杂，可是如果你看不懂日文，去了就没多大意思。

Book Lovers' London 是一本介绍伦敦书店的旅游手册，里面罗列了很多非常好玩的书店，你要是按图索骥，就能找到自己感兴趣的书店。伦敦书店的种类之多之杂，到了什么程度呢？看这本书关于特种书店的索引就知道了。从我的兴趣来看，专卖佛教书籍的起码有五家店，专卖跟亚洲相关书籍的店有二十多家，专卖诗集的有二十多家，专卖时装书籍的有十几家，专卖同性恋书籍的有三家，专卖新西兰出版物的有一家，专卖研究希腊文化、罗马文化的书籍有好几家。此外，还有地图专卖店、海事书籍专卖店、医药书籍专卖店、军事书籍专卖店等等。

林林总总的书店构成了伦敦书店的风景。不过，伦敦现在跟其他地方一样，对书店不是太友善。因为近年来喜欢逛书店、到书店买书的人少了，越来越多的人经常看电子书，习惯在网上买书。在这种消费潮流冲击下，有些老字号的大牌书店还是挺了下来。很多人去伦敦都会到 Charing Cross Road（查令十字街），到了这条有名的书店街，必然要朝圣的是英国最大的独立书店 Foyles[1]。它不是连锁集团开的那种到处有分店的大型书店，而是一家独立经营的老字号，有好几层楼，除了卖书，也有卖唱片、喝咖啡的地方。

如果有人不喜欢看书，或者不太爱看英文书，那也可以把伦敦有些书店当作历史名胜来逛，比如 French's Theatre Bookshop。它创办于 1830 年，专卖跟戏剧有关的书籍，虽不是伦敦最古老的书店，却是全世界第一家专卖剧本的书店。

说到英国的历史，不能忽略它的海洋史。英国皇家海军曾经威风一时，现在好像比较凄惨了。尤其近几年英国经济不好，节省开支的途径首先就是裁军。这个过去的海权强国好像现在连一艘航母都没有了。不过，英国仍有好几家海事书店，专卖跟英国航海史或航海事迹有关的书——这些书多到能开专卖店的地步！

伦敦还有很多古籍书店，里头有中世纪装潢的书籍，包括印刷术刚刚兴起时的版式设计。把这些古书当作古董来欣赏也很好。

---

[1]　Foyles（福也尔）书店，欧洲最大的独立书店，1903 年由福也尔兄弟创办，1906 年在查令十字街开张，目前拥有超过 20 万种图书。

更好玩的是 The Map House，专卖各式各样的古地图，甚至有中国的老地图，还有希腊人、土耳其人画的地图。里面的地球仪做得非常精美，但是售价昂贵。很多人认为这是绅士阶级的一种爱好，买些地球仪和地图回来粉饰书房、办公室。还有一家 Books for Cooks[1]，专卖食谱类书籍。它有一个厨房，你在那儿看书，多半还能闻到炒菜的香味，忍不住想尝上一口。

（主讲　梁文道）

---

[1]　Books for Cooks 创办于 1983 年，搜集全世界有关食物的书籍。为了检验食谱书籍是否可靠实用，书店 1994 年建成"实验厨房"（test-kitchen），由驻店大厨根据书上食谱做菜，并将心得体会和顾客评价写成点评。

The Traditional Shops and Restaurants of London

传统老店灵魂依旧

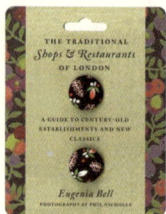

Eugenia Bell，作家、评论家。现任 *Frieze* 杂志设计编辑，负责撰
写设计与建筑方面的文章。

它欣赏自己生产的物品，欣赏自己所卖的东西，把买卖当成一门很重大的事业来经营，不只是为了赚钱。

人当然不能只靠书活着，我们还要吃喝玩乐。这本 *The Traditional Shops and Restaurants of London* 就专门介绍伦敦的传统商店和传统餐厅。作者 Eugenia Bell 不是伦敦本地人，是个纽约客，她在伦敦居住多年，迷上了这座城市。在这本书中她描述了一些她生怕会失落的英国传统，比如传统商店。

据说当年拿破仑很瞧不起英国，说英国是由一群小商贩组成的国家。其实这句话并不是拿破仑讲的，大家误传，把它挂在拿破仑名下。但从某种意义上说，这么讲并没有错。英国在成为第一海权帝国后，掌控着全球的贸易路线，全世界有多少货物在伦敦进进出出，这儿曾经是唯一能买到世界各地商品的地方。英国又是近代工业革命的发源地，很多产品都是在伦敦首先推出，然后涌向市场，传到世界各地。这么说来，英国的确是个商人国家。

现在好几百年过去了，伦敦作为商人国家的首都，留下很多百年老店。不过，这种店也并非想象中那么多，一是因为 17 世纪那场大火曾烧毁了整座城市，二战期间德军轰炸又毁了一批商店；二是因为现在连锁店、超市越来越多，已经威胁到了传统商店的生存。

Eugenia Bell 希望到伦敦的游客能欣赏这些传统老店的价值。如果你图便宜、图方便，那就去超市好了。传统老店不是一个单纯买卖东西的地方，它欣赏自己生产的物品，欣赏自己所卖的东西，把买卖当成一门很重大的事业来经营，不只是为了赚钱。经营者更多把它看成是一种家族的传承、一种精神的传递。

哈罗兹百货公司（Harrods）创办于 1853 年，是世界上第一座装手扶电梯的建筑物。1898 年以前，它会在店里摆上白兰地，顾客逛累的时候可以喝上一杯，舒缓一下神经。如今这家老字号不光富豪阶层喜欢去，游客也喜欢去。它标榜什么东西都卖，甚至连殡仪馆的服务都提供。当年弗洛伊德死了，就由它提供殡葬服务。

哈罗兹百货公司的著名事迹，除了将自己卖给阿拉伯人[1]很让英国人惊讶之外，还卖过一架飞机——没错，它连飞机都卖，房地产也卖，是个什么都卖的百货公司。它似乎很没有灵魂，好像就是一个满足富豪各种欲望的大型商场而已。

有一些真正的传统老店坚持只卖一样东西，比如 Bates the

---

[1] 英国已故王妃戴安娜男友多迪的父亲法耶德，2010 年 5 月 8 日将哈罗兹百货公司以 15 亿英镑出售给卡塔尔王室经营的卡塔尔控股公司。卡塔尔控股公司成为这家百货公司的第 5 任东家。

Hatter。这家老店卖的是帽子，其中最有名的是巴拿马草帽。这种草帽可以折成球，一张开又变成很漂亮的帽子。一顶帽子卖多少钱呢？1500英镑。英国还有一家著名的鞋店John Lobb，在北京、香港都有分店。这些分店只是法国时装集团收购的量产化鞋店，虽然一双鞋也卖八九千元人民币，但是如果你真正讲究传统，得去英国那家没有卖给时装集团的独门老店。这家老店创办于1849年，不卖现成的鞋子，只帮你定做。每定做一双鞋，从量脚到做好，大概半年时间。一双鞋总共有6个专人负责不同的部分，价格起码2000英镑。

　　传统商店还有一个特点，就是有些商品印着"Royal Warrant"（皇家准证）的字样，说明是英国皇室御用的东西。可能皇室觉得这家肥皂做得不错，那家雨伞做得不错，就颁发皇家准证，特供皇室使用。中国也有这种特供商品，可是英国的特供跟我们有点不一样。英国商家拿到"特供"名号之后，并不表示这些好东西只给皇室用。他们卖给女王、王子的东西跟卖给平民百姓的东西一模一样。中国的特供是很牛的，说是给上头的特供酒，就真是给上头特供的，老百姓想尝都尝不到。

（主讲　梁文道）

风尚英伦

间谍小说与消费主义

李孟苏，曾任《三联生活周刊》驻英记者，撰写英国文化、时尚报道长达十年。著有《庄园与下午茶》《小小不列颠》等。

美国文化在全球称霸的表面下有英国血统在里面。

近年大家喜欢说，一个国家除了硬实力，还有软实力。现在都说美国文化称霸全球，其实大家忽略了英国。这个老牌国家的软实力完全不亚于美国，甚至可以说美国文化在全球称霸的表面下有英国血统在里面。比如《哈利·波特》、披头士，都原产于英国，后来借助美国的文化机器向全球扩散。

《风尚英伦》的作者李孟苏，过去是北京《三联生活周刊》驻英特派记者，负责撰写英国文化生活，写了十年。这本书讲述英国的风尚潮流和流行文化。谈到英国流行文化的魅力，不能不提"007系列电影"。《007》很巧妙地结合了两样东西，一是英国的间谍小说，二是英国的消费主义。弗莱明[1]很奇怪，别人注重小说的人物与情节设计，《007》却凸显物质环境，比如詹姆斯·邦德穿什么衣服、戴什么牌子的饰物。这位作家的物质观在滑稽、牵强的间谍小说中无处不在，对物质而不是对人物的掌控，创造出一种独特的阅读情趣。

---

[1] 伊恩·弗莱明（Ian Fleming，1908—1964），英国小说家、记者，二战期间在英国安全协调局（BSC）担任间谍。1953年他根据自己的间谍经历推出"詹姆斯·邦德"系列小说之第一部：《007大战皇家赌场》。

我们对好莱坞电影也有这个印象，觉得007当特务怎么能当成这个样子——总有醇酒在手、美人在怀，总是开名车，敞篷跑车的小冰箱"啪"一下，一瓶几千块钱的香槟就飞了出来。这种对物质极度描写的小说，说实话我很讨厌。英国似乎有一套物质文化，对物质的极端注重经常出现在小说和电影里。不过，我觉得有一点很特别，当代艺术以美国为主流，但20世纪90年代以来，英国却出现了一批非常大牌的当代艺术家。原因有两个：一是著名广告人、收藏家萨奇[1]在20世纪90年代推动了英国当代艺术家的崛起；二是英国泰特美术馆[2]举办的特纳奖[3]，成为国际艺坛很关注的一个当代艺术奖项。

特纳奖是泰特美术馆的巨大秀场，带来了人气，而且这帮人一起推动了英国当代艺术市场的繁荣。它非常商业化，也就是说，英国当代艺术的崛起某种程度上是商业跟艺术机构合作的结果。艺术史上尚无哪个时代像今天一样，有钱人和艺术家联系如此紧

---

[1] 查尔斯·萨奇（Charles Saatchi），生于伊拉克一个犹太家庭，被誉为"定义了英国当代艺术的人"。在他一手策划和推动下，"年轻英国艺术家"（YBA）群体在20世纪末震惊西方当代艺术界。

[2] 泰特美术馆（Tate Gallery），英国国立博物馆，主要收藏英国绘画和各国现代艺术。1897年创办，如今发展为四个美术馆：泰特英国美术馆、泰特现代美术馆、泰特利物浦美术馆、泰特圣艾弗斯美术馆。

[3] 特纳奖（Turner Prize），英国当代视觉大奖，1984年由英国泰特美术馆设立，是西方争议最大的当代艺术奖项之一。

密，有钱人斥巨资购买入流或不入流的作品，将艺术家造就得像他们的赞助人一样富有。

特纳奖的奖金是 2.5 万英镑，钱是小事一桩，可一旦得了这个奖，艺术家立即鱼跃龙门，身价百倍。比如当年喜欢将动物身体切成两半来创作艺术品的达明安·赫斯特[1]，现在用钻石镶嵌骷髅头。他后来有钱开餐馆，开厌了，委托苏富比拍卖行卖掉餐馆，居然卖了 1100 万英镑。

英国有商业上如此成功的艺术家，也有隐姓埋名却大红特红的艺术家，比如涂鸦艺术家班克斯[2]。我们原以为涂鸦艺术属美国最厉害，没想到世界最有名的涂鸦艺术家竟出自英国。

（主讲　梁文道）

---

[1]　达明安·赫斯特（Damien Hirst，1965—　），生于英国布里斯托尔。1995年凭作品《母子分离》获特纳奖，目前是英国成交价最高的当代艺术家之一。
[2]　班克斯（Banksy），英国匿名涂鸦艺术家，作品灵感来源于布里斯托尔底层艺术家的真实生活状态，以讽刺性批判为主题，题材广泛。

英国人的言行潜规则

幽默式的自我贬低

凯特·福克斯（Kate Fox），英国社会人类学家。曾在剑桥大学攻读人类学和哲学。著有多部通俗社会学著作。

手放在心口按着《圣经》发誓的场面，大多数美国人会接受，但这招千万别在英国用。

有人到伦敦看奥运，有人借奥运看英国。2012年伦敦奥运会英国味十足，让人强烈感受到英国人的民族性。大英帝国曾是日不落帝国，今天虽然成为"日正落帝国"，但它创立的一些规则仍对这个世界起着关键作用。比如在公共汽车站、商店柜台、流动小亭、入口处、电梯前，英国人都会自动排队。有人开玩笑说，即使街上只剩下一个英国人，他也会乖乖排队。

凯特·福克斯是位社会人类学家，她花三年时间写作《英国人的言行潜规则》。所谓言行，既有言又有行。她经常坐在英国的小酒馆、咖啡馆里，混在人群中观察英国人的特性。这本书的第一部分介绍聊天规则，第二部分介绍行为规则，里面充满了细致入微的精彩描写。比如英国人特别喜欢聊天气，很多人认为是英伦三岛气候反复无常的缘故。凯特·福克斯却说，英国人并不是为了谈天气而谈天气，而是一种想跟你认识或对谈的开场白。英国人的核心特征是"社交拘泥症"，不知道怎么跟人聊天，跟你谈天气的意思是说我们聊聊天吧。

　　凯特·福克斯提醒，如果你跟着英国人一起抱怨天气，那你就大错特错了，因为英国人不喜欢别人说他们的天气不好。英国人对待天气就像对待家人一样，自己可以大肆抱怨，但是外来者批评英国的天气不好，会被视为不礼貌。

　　跟美国人不一样，英国人很注意谈话当中的隐私规则。美国人一见面总是先说"Hello"，然后说他叫什么，来自哪个州。但英国人喜欢拐弯抹角，除非是很正式的场合，否则不太愿意立即告诉你姓名，也不好意思问你姓名。英国人认为，人际交往要遵守猜测规则，如果一个人不说他的职业，不说他是否已婚，你不能直接问他。怎么猜呢？如果他问你，你来参加晚会要走很远吗？其实是问你住哪里。问你有孩子吗？是想知道你婚否。英国人对这套文明礼仪引以为傲，对直白的美国式文法嗤之以鼻。英国人嘲笑说，美国人会把离婚、子宫切除等个人信息在五分钟之内全告诉你。

　　英国人可以跟你交流一些亲密话语，但双方必须互惠往来，他把隐私告诉你，你也应该把隐私告诉他。如果他跟你说他身体不太好，你不用安慰他，只需说你身体也不好。最能反映民族性格的是英式幽默。凯特·福克斯说，幽默是统治英国人谈话的灵魂。在其他国家，幽默需要特定的时机或场合，被视为一种与众不同的谈吐，或者一种才华的表达。在英式对话中，幽默无处不在，而且幽默门槛很高，喜剧作家、演员必须搞出很多超越日常生活的名堂才能让国人发笑。

对幽默当然不必太认真，因为一认真就不幽默了。英国人很在意严肃与肃穆、真诚与过分认真之间的区别。举个比较极端的例子，那种把手放在心口按着《圣经》发誓的场面，大多数美国人会接受，但这招千万别在英国用，否则可能连一张选票都拉不到。英国人看到美国政客动不动就赌咒发誓，不由得抿嘴偷笑，心想怎么可以用这么肃穆的语气说出这么陈词滥调的东西？老百姓还那么容易受骗，竟会相信这些虚伪的胡言乱语！

英国人通常不喜欢爱国式的吹嘘，爱国主义与自我吹嘘二者的结合犹如双重罪恶，让人鄙弃。英国人的爱国主义会以一种不太认真甚至自我贬低的方式表达出来，表现得最淋漓尽致的当属丘吉尔。就像英国式的轻描淡写一样，自贬规则可以看作讽刺的一种形式，通常不是以纯粹的谦虚开始，而是从本意的反面着手。所以，外国人有时搞不懂英国人到底是在自我贬低还是在自我表扬。凯特·福克斯有个朋友是脑科医生，初次见面时她问他为什么选择这个职业。他说他在牛津读过哲学、政治学、经济学，觉得都太高深了，想让自己做点不那么难的事，脑科医生不过是个拿着显微镜的水管工，只是精确度的问题——这种自贬，你真的相信他很谦虚吗？

凯特·福克斯认为，这种幽默式的自我贬低并非精心设计，而是想化解因成功带来的尴尬。在英国人眼里，拥有很多的财富、很高的地位或者很好的工作，不是自我炫耀或夸夸其谈的资本，反而让人觉得有点不好意思，于是用自贬来解脱。自谦是英国人的传统，那些没有浸染过此类文化的外国人无法入戏，通常会接受这些自贬之词，认为英国人确实没什么了不起。

现在中国人习惯在乔迁新居之后，一边带朋友参观一边告诉大家花了多少钱。凯特·福克斯说，关于房屋价格的讨论，尽管已成为英国中产阶级晚宴的主要内容，但这种讨论要在精致礼仪的主导下进行，绝不允许直接问人家花了多少钱。英国人有一种观念，要是介绍自己的房子如何好，稍不留意就可能成为被人嫉妒或耻笑的对象。

中国人还有个习惯，很喜欢在客厅里摆放自己跟领导人或名人的合影，以显示自己的人缘和地位。英国人通常会把这种照片放到楼下洗手间——这也是别太认真的规则在起作用，觉得没什么了不起，这些东西随时可以扔进下水道。不过，这种不屑背后潜藏着"阴谋"，因为客人通常会用洗手间，把照片挂在那里能巧妙地炫耀自己的社会关系。

　　跟天下父母一样，英国的父母也会为孩子的成就感到骄傲，但从他们的谈话中很难看出来。即使是最溺爱孩子的父母也必须转动眼珠不断叹气说："哎呀，你的孩子多好啊，我的孩子多么不可救药。"实际上他们的言外之意是，我的孩子从来不读书，经常逃课，最后轻松成为脑科医生。这种谦虚里暗藏着扬扬得意的成分，这是英国人性格中的另一大特点：虚伪。

　　　　　　　　　　　　　　　　（主讲　吕宁思）

The Man's Book

英国绅士风范

Thomas Fink，理论物理学家，现在法国居里研究所和伦敦学院工作。著有《系领带的 85 种方式》等。

一个有经验的妇女才是一个好的调情对象。

很多人一提到英国，必然想到英国绅士。绅士的确是英国的特产。*The Man's Book* 书名非常坦率，就是教大家怎样做一个绅士。大家想象不到，作者 Thomas Fink 竟是位理论物理学家。除了搞科研，他的业余爱好就是编写 *The Man's Book*，于 2006 年、2007 年、2009 年各推出一个版本，像出年鉴一样告诉大家怎么当男人。

这是一本什么样的书呢？你千万不要以为它会一本正经地教你怎么着装，怎么谈吐得体，怎么表现绅士风范，都不是，它其实是一本非常无聊的书——虽然有人认为这是英式幽默。我为什么要买来看呢？理由很简单，因为它够无聊！例如 2007 年版首先讨论男人的健康问题，罗列了一般英国男人的数据：身高、体重、胸围、腰围、臀围、鞋的尺寸、穿几号内裤……一大堆这样的数据简直莫名其妙！

这本书认为男人做任何事都能找出公式来归纳和总结。比如上厕所，它会教男人怎么样选择合适的尿兜。Thomas Fink 说，男人进厕所时要注重一个基本概念，要让自己与其他尿兜使用者之间的距离极大化。这其实是个常识，不是吗？但他居然画图演示。书里列出 7 个尿兜，如果一个人站在第 1 个尿兜尿尿，你进去时应该选第 7 个尿兜，离得最远以免尴尬。如果你跑去第 2 个尿兜，明明后面还有 5 个空位，你偏偏贴在人家旁边，就会显得很不绅士。人家会觉得你很奇怪，不知道你想干什么。可是你去第 7 个尿兜尿尿，虽然符合距离极大化这个公式，但又好像有点过度恐慌。怎么办呢？不妨选择第 6 个尿兜。这样既保持距离，又有点优雅，有点文明，没那么恐慌。

大家不要以为这本书尽是这种无聊的事情。它也有实用的一面，比如教你怎么打领带、怎么点鸡尾酒、怎么系鞋带——连系鞋带都分四五种方法；此外，还有怎么折西装口袋巾、服装颜色怎么搭配。可是任何正常的东西到了这位作者笔下，都变得离奇古怪。比方说他画了一张图教你怎么拿伞，不是教你下雨时怎么打伞，而是指导你未雨绸缪时怎么拿伞。一把代表绅士身份的伞，必须是长伞，必须是黑色。既然是长伞，绅士走路时会在地上点一点，怎么点才好看，怎么让它配合脚步走出韵律，这是门学问。

Thomas Fink 不仅图解拿伞礼仪，还附有数学公式。他传达的基本概念是，手拿雨伞的绅士，走路方式应该保持一个四步韵律。所谓四步韵律，是用右手拿伞点一点地，同时踏出左脚，然后把伞举高一点，当左脚即将第二次踏地时，再跟随第二个右脚步同时着地——这样走才能走出绅士风范。

　　既然叫男人之书，当然不能不说怎么对付女人。书里提到，绅士们很关心怎么选择情妇的问题。富兰克林居然写过一封信给他儿子，说要找情妇的话，老的比年轻的好。因为年纪大的女人更懂事，当外表开始衰老时，她们的内在会越变越好。更重要的是，你把一个少女当情妇，而她往往是处女，岂不是让她一生很难过吗？一个有经验的妇女才是一个好的调情对象。

（主讲　梁文道）

Dinner Is Served

老派贵族餐桌礼仪

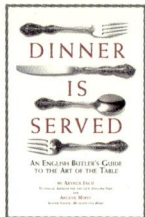

　　Arthur Inch，1915 年生，父亲是管家，母亲是用人，他自己从 15 岁开始接受私人服务技能训练，做管家工作 50 多年。

　　Arlene Hirst，精通餐桌布置与礼仪。曾在 *Metropolitan Home* 杂志担任资深编辑、设计副总监，后在多家媒体任职。

贵族的用餐习惯，跟我们今天熟悉的西餐规则不一样。

《唐顿庄园》[1]这部英国电视剧好像在内地很火，好多人爱看。剧情安排的确很细致，导演的功力很到家，演员的表演也很出色。除此之外，对很多内地观众来说，他们总算看到了传说中的英国贵族和绅士是怎么生活的，还看到了伺候这些人的人是怎么工作的。

唐顿庄园的财产继承人是一个年轻的中产阶级，刚来庄园的时候，有个管家伺候他穿衣服、系袖扣，他感到很不习惯，说穿衣服这种事，我是大人，难道还不会吗？这么说是很伤人的，因为人家就专门干这个工作。管家跟他解释，我这辈子的工作就是服务他人。年轻人说，服务他人，这算哪门子工作？

这个年轻中产阶级说的话，是今天很多人对早已消亡的贵族庄园里男仆女佣的印象。比如管家，这是一种多么古怪的工作啊，每天早上帮贵族老爷拿报纸，先用熨斗烫一烫，免得油墨粘黑了老爷的手……这算是一种体面职业吗？

---

[1] 《唐顿庄园》(*Downton Abbey*)，英国 ITV 出品的电视剧。故事背景设在 20 世纪初英国一个贵族庄园里，讲述格兰瑟姆伯爵一家因财产继承问题引发的种种纠葛。

　　不过，这几年对老派贵族生活的向往和对用人职业的好奇似乎又回来了。透过 *Dinner Is Served* 这本书，我们可以了解到贵族生活的一些基本规则，尤其是用餐规则。书的作者之一 Arthur Inch 是个干了几十年管家工作的老人。当年他从最底层的用人做起，一直做到庄园的大管家，曾经在很有名的电影 *Gosford Park*（《高斯福德大宅谋杀案》）里当顾问，指导演员怎么样在传统大庄园里吃饭、穿衣和打猎。

　　我们今天很难想象，英国在 1891 年的时候共有 150 万人在皇宫、庄园里做仆役工作，是当时的第二大职业群体。同样难以想象，过去贵族的用餐习惯跟我们今天熟悉的西餐规则不一样。从老派观点看，今天我们哪怕吃很正式的西餐，方法恐怕都有问题。在我们的印象中，西餐跟中餐的最大区别是中餐一盘菜上来大伙伸筷子夹，西餐是一人一份都给分好了。Arthur Inch 说，厨房直接分好菜，摆放得漂漂亮亮，然后送到客人桌上，这是酒店的风格。真正的贵族在家吃饭时，客人都坐好了，仆役端着一个大盘上来，比如一条鱼或一盘沙拉，然后让客人自己夹，一个一个依序传下去。这听起来不太像贵族，贵族怎么还要自己动手分菜？但 Arthur Inch 说，贵族传统就是这样。贵族不一定像我们想象中那么奢华，那么极尽工巧之能事。比如吃生菜沙拉，有人说贵族有八种专用的叉子，Arthur Inch 说不对，这是中产阶级想强调自己有品位而瞎搞出来的，真正的贵族不管这些。

Arthur Inch 说，真正的贵族管的是吃饭时聊天愉不愉快。聊天怎么才算愉快呢？少说话，多听人家说，让大家都愉快。就算人家说的话不合你意，你没什么兴趣，也要装作很有兴趣，夸他说得太有意思了，又教了你宝贵一课。这才是一个贵族就餐时应有的态度。

（主讲　梁文道）

原生态的奥林匹克运动

为美德而战

塞莫斯·古里奥尼斯（Themos Goulionis，1943— ），雅典大学医学博士。著有畅销书《体育文明，一种奇怪的爱》等。

田径场上高尚的竞争能够给灵魂带来安宁。

我们说中文的人常常将"体育"和"运动"混着用。《原生态的奥林匹克运动》的作者告诉我们，"体育"（athletics）和"运动"（sport）是不一样的两个词，前者才是本原性的概念，才是奥运会原有的精神。

这本书讲古希腊奥运会的历史，作者想透过这段历史重新提倡一种体育精神。很多我们今天认为理所当然的运动项目，如篮球、足球，都被作者剔除了出去，他不喜欢大型的、观赏性的、竞技性的运动项目，他喜欢的是游泳、田径、举重这些传统的古希腊奥运项目。这是为什么呢？

公元前800年，伯罗奔尼撒半岛[1]某个地方，三位国王坐在大厅聚会，讨论来自德尔菲阿波罗神庙的神谕。当时他们觉得希腊和整个世界存在很多问题，于是问太阳神阿波罗该怎么办。三番五次问来问去，得到的神谕都一样，就是要办运动会，要搞体育。最后他们听从神谕，办起了奥林匹克运动会。

---

[1] 伯罗奔尼撒半岛位于希腊南部，奥林匹亚就位于该半岛西部的皮尔戈斯之东。公元前1000年左右，古希腊青年在奥林匹亚举行竞技比赛，公元前776年发展为奥林匹克运动会。

罗马人第一次看到希腊人在奥林匹亚比赛时就惊呆了，纳闷这帮希腊人到底在搞什么，像疯子一样拼尽全力奔跑，只为了看谁的胸部最先碰到一条拉紧的带子？最奇怪的是，这帮希腊人最后赢的是什么？只是一个由橄榄枝[1]编成的环，套在头上！而且输的人都会很高兴地为胜利者鼓掌。当时罗马人认为这是希腊人的一种怪癖，不懂为什么要搞奥林匹克体育比赛。罗马人有的就是sport、竞技比赛，欣赏机诈奸巧，鼓励各种各样欺骗性的小动作。而希腊人的体育强调光明磊落，输了的人会衷心为赢者喝彩。希腊人特别强调的一点是，所有参加比赛的人追求的都是——公平。走进阳光下的光明世界，运动员们在跑道上一个挨着一个，一条白色的直线将其分开。他们互不相识，只是用耳聆听，从呼吸和气味中感知对方的存在。所有人都面朝前方运动场的尽头，想要获得公正的胜利。田径场上高尚的竞争能够给灵魂带来安宁，没有人感到不公平，没有人感到侮辱，完全不像今天我们动不动就会批评裁判不公平，说某某运动员耍诈，不停地互相抱怨和咒骂。

古罗马征服者不能理解这一切，他们只知道世界上存在两种失败形式，一种是彻底被毁灭，一种是以被羞辱为结局。他们不

---

[1] 古希腊人认为，橄榄树由雅典娜带到人间，是神赐予人类和平与幸福的象征。因此用橄榄枝编织的桂冠是最神圣的奖品，获得它是最高的荣誉。

明白，眼前这场竞争为什么跟他们见过的竞争那么不一样。除了罗马人，波斯人也不明白希腊人的奥运会是怎么回事。在电影《战狼300》[1]里，斯巴达王带领三百名斯巴达人守住温泉关，企图挡住波斯数十万大军。当时为什么希腊不出兵呢？因为他们在忙奥运，奥运期间不能带兵出去打仗。波斯将军觉得很不理解，问这些人到底在干什么。俘虏说，他们在进行体育比赛，而奖品是橄榄枝环。将军感慨道，他们是为了美德而战。《原生态的奥林匹克运动》的作者歌颂的就是这种精神，不欺诈、讲尊严的体育精神。

在古希腊语里，与"橄榄枝环"（kotinos）相关的一个字眼是"攻击性本能"（kotos）。古希腊人的奥运会就是要让人类的攻击性本能通过体育得到升华，而升华出来的那个光环就是橄榄枝环。这的确是一种把人从黑暗带进光明的运动。

（主讲　梁文道）

---

[1] 《战狼300》是一部2007年上映的美国影片，故事发生在公元前480年，波斯帝国国王薛西斯一世亲率大军30万、战船千艘，号称百万大军攻打希腊。希腊人为抗击波斯入侵，结成以斯巴达和雅典为首的30多个城邦参加的军事同盟，推举拥有强大军事实力的斯巴达王李奥尼达为盟主，组建希腊联军抗敌。

A Visitor's Guide to the Ancient Olympics

自掏腰包当裁判

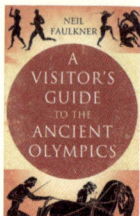

Neil Faulkner，英国考古学家、历史学家。英国布里斯托尔大学研究员、《军事历史月刊》编辑。著有 *The Decline and Fall of Roman Britain*（2000），*Hidden Treasure: Digging Up Britain's Past*（2003），*Rome: Empire of the Eagles*（2008）。

所有的竞争都要分出胜负，没有虽败犹荣这种概念。

在历届奥运会开幕式上，各国选手鱼贯入场时，第一个国家总是希腊，这不是按字母排名，而是尊重奥运会的源头。*A Visitor's Guide to the Ancient Olympics* 是本很有趣的书，作者是位考古学家。他假设你生活在古希腊，或者时空旅行回到过去，想看看古代奥运会是怎么回事，这时候你该做哪些心理准备，该知道哪些知识。比如当时人们如何去观赛呢？当然没有电视转播，只能去现场看。四年一度的奥运会在小城邦伊利斯的奥林匹亚举办时，居然能会聚 10 万人。

怎么赶去奥运会场呢？今天，你来北京也好，去伦敦也罢，搭飞机、坐火车很容易。古代没有这些交通工具，想看奥运会得走路到体育场去。伊利斯城区与奥林匹亚的距离约 36 英里，大概要走两天时间。当时希腊有几百个城邦，你要去奥林匹亚可能还得穿越其他国家，遇到很多出入境问题。好在那个时代不需要护照，没有海关，没有明确的国家界线。你走可以，问题是这一路上能否保障安全。古希腊有个神圣契约，规定奥运期间保障所有参赛者和观众的身家性命，所以你路经敌对国家时大可放心，它们不会对你怎么样。不过奥运期间交战的各方并不会因此停战，最简单的例子就是打了几十年的伯罗奔尼撒战争，奥运并未因此停办，战争也未因奥运停止过。

这本书还提到一些问题，比如你走到奥运现场看比赛，那里货币是不是流通？大家语言能不能沟通？接连几天的赛事，没有旅馆，没有酒店，也没有客栈，住哪儿？很简单，自己搭帐篷露营。要是有钱或者有办法，就霸占大一点的地方，睡得舒服些。要是没什么办法，就只能住远一点，每天往返几小时看比赛。所以当时的奥林匹亚附近全是帐篷，甚至连圣地都有。挨着神庙，大家得守规矩，乖一点，毕竟那是神的居所。

今天的奥运会讲男女平等，像过去沙特阿拉伯不准女运动员参赛，而从 2012 年伦敦奥运会开始派出女运动员了。但是古希腊奥运会完全没有女运动员，只准所谓的公民参加，而公民是各个城邦土生土长的、非奴隶出身的男子。并且当时也不允许带女人观赛，除非是未出嫁的女儿。但是很多老爸觉得这样做太危险了，那里有 10 万个如狼似虎的男人，一旦把如花似玉的黄花大闺女带去，还能剩下什么？

古希腊奥运会的选手是裸体进行比赛的。对于这事，我们总是把它想得很圣洁，像看到大理石纯白雕像一样。事实果真如此吗？其实古希腊奥运会也是开狂欢性派对的好时机，但不是男女之间，而是男男之间。当时同性恋、双性恋都很公开，如果你告诉他们不能男人跟男人搞，他们会觉得你很野蛮，不文明。

跟现在一样，古希腊奥运会也有奥运村。听说现在的奥运村发安全套，大家用得很快，用得很疯。古希腊人一样干这事，那时候一群精壮、赤裸男子混在一起，随随便便发生性关系是很常见的，大家不要大惊小怪。央视前一阵把一个很有名的裸体雕像在隐私处打了马赛克，结果被大家臭骂[1]。大家说那是艺术，为什么要用色情的、肮脏的眼光去看待？其实如果认真考察欧洲艺术史，你会发现很多裸体像、裸体画都有很鲜明的情欲甚至色情成分，只是后来写艺术史时将这一面压抑掉了，以为艺术跟色情能够分得开。我们今天常去健身房，健身房的英文叫gymnasium，字根"gym"来自希腊语，是裸体的意思。也就是说，以前人们去健身房锻炼是裸体的，并且还在训练场上立一个爱欲之神的神像。什么意思呢？大家想想看。

今天有国际奥委会，古希腊也有类似机构，叫作"希腊人的裁判"。古希腊奥委会共有九人，由主办城市伊利斯的公民选出候选人，然后抽签决定。抽签讲运气，看神喜不喜欢他。客观讲，这种方式杜绝了贿赂。奥委会成立后，九大巨头分成三个小

---

[1] 2012年7月9日，央视新闻频道报道中国国家博物馆"佛罗伦萨与文艺复兴：名家名作展"时，将米开朗琪罗的著名雕像《大卫·阿波罗》的生殖器打上马赛克，引发热议。

组，分管各项体育赛事。他们的工作很繁重，其中一项是选择谁来参赛。各个城市和国家派来的选手，怎么证明他真是那里的公民呢？奥运会分少年组、成年组，怎么证明选手的年龄呢？那个年代没有身份证，除非像雅典人、斯巴达人那样将国家档案做得特别好，否则人们连对自己的年龄都稀里糊涂的。

九大巨头干这么繁重的事务，薪水一定很高吧？不，他们不但没薪水，还要拿钱出来。那时候政府不抽税，没有地税、所得税这类东西，很多公共事务要靠大家捐助。对小城市伊利斯来说，虽然它光荣地承办了奥运会，但其实它很穷，政府管不了那么多，地位崇高的裁判九人团都得自掏腰包干这件事。这跟今天不一样，现在贪污分子做国际奥委会成员能发财，古希腊奥委会成员得倒贴钱。但为什么倒贴都肯做？荣誉问题。

古希腊人特别注重荣誉，对他们来讲，所有的竞争都要分出胜负，没有虽败犹荣这种概念，赢了才光荣嘛。古希腊奥运会一样有体育明星，看完比赛的人回到城邦后会大肆宣传，说你跑得像马一样快，让你的名声一夜之间传遍爱琴海。有些体育家族别的事不干，专门训练子弟参加奥运会。如果爷爷是奥运冠军，父亲是奥运冠军，儿子还是奥运冠军，这个家族就青史留名了。

（主讲　梁文道）

How to Watch the Olympics
观赏奥运小菜一碟

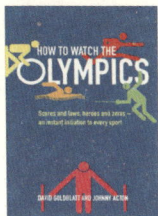

David Goldblatt，BBC 电台体育专栏记者、评论员。

Johnny Acton，作家，曾任《泰晤士报》记者。

老外看我们打乒乓球大概像我们看他们击剑一样。

2008 年北京奥运会的时候，市面涌现出一堆关于奥运会的书，有些书店甚至开设了奥运专柜。现在这些书好像都不见了，也没什么新书出版。主要原因有两个：一是 2012 年奥运会在伦敦举办，跟中国人没多大关系了；二是好像之前出版的那堆书已经把大家喂饱了，现在看到奥运书就厌闷。相反，英国正在兴头上，出了很多关于奥运的书。比如这本 *How to Watch the Olympics*，教大家如何欣赏奥运会。

坦白地讲，没有人懂得欣赏每一个奥运会项目。比如击剑，我过去常常在影视剧里看到西洋剑客玩剑玩得好漂亮、好厉害，但每次定睛去瞧，仍然看不懂。击剑的速度太快了，究竟谁刺中谁，怎么是那个人赢，有时真搞不明白。击剑是欧洲传统项目，有一连串非常传统的规则，牵涉大量的技巧和策略，很多动作在一闪念间完成，难怪很多外行人看不进去。

13 世纪，德国人写了一部击剑"武林"秘籍，详细记载怎么学剑及学剑的注意事项。妙的是，作者是个神父，也就是出家人，相当于我们的少林武僧或者武当道士。那时候可能某个修道院盛产击剑高手。在击剑史上，意大利出过很多大师，当时欧洲很多宫廷贵族请人教剑的时候，都注明要请意大利师傅。

　　击剑其实是相当危险的运动。虽然这项运动现在变得很科学，保护措施也做得很好，但历史上还是出过一些惨剧。1982年有位苏联击剑运动员在比赛中丧生，原因是对手的剑不小心刺穿了他的面具，插进他的眼窝，穿过他的大脑。同年又有一位法国剑客砍中自己的大腿，鲜血喷涌而出，幸好观众席里有位西班牙医生冲上去救了一把，才活下来。

　　这本书还提到一种运动，对中国人来讲是小菜一碟，但老外欣赏起来就有点困难。什么运动呢？乒乓球。中国人太懂乒乓球了，老外看我们打乒乓球大概就像我们看他们击剑一样。乒乓球怎么欣赏呢？跟击剑一样，也是速度问题。乒乓球的时速能达到70英里，运动员的动作非常快。如果你看得懂的话，会发现它太好看了！最优秀的乒乓球选手有时会打出一些让你觉得违反物理原则的球。

　　英国人如果说自己看不懂乒乓球比赛，那就太奇怪了。当年伦敦市长从北京接过奥运会会旗时说了一句话："乒乓球回家了！"原来，乒乓球是英国人发明的。大概是1881年，一些无聊的英国殖民地官员和商人吃完饭没事干，洗完澡玩游戏，把香

槟瓶塞削成球状，大家抽着雪茄，把雪茄盒当球拍，就这么来
打。不久，乒乓球就发明出来了。

（主讲　梁文道）

南京安魂曲

长路

当文明成为灰烬

戈马克·麦卡锡（Cormac McCarthy，1933— ），美国小说家，荣获多项文学奖，被誉为海明威与福克纳的唯一后继者。著有《血色子午线》《所有漂亮的马》《险路》等。

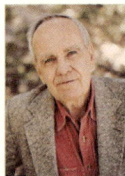

　　每一天都是谎言，而你快要死了，这是唯一的事实。

　　二三十年来，美国小说界出现了一批雅俗共赏的作家，文学造诣很深，深受大众喜欢。有些作品改编成电影后，很受欢迎。比如戈马克·麦卡锡就有两三部小说被改编成电影，最著名的是科恩兄弟拍的《老无所依》[1]。

　　《长路》也被改编成电影《末日危途》，但拍得不太好。比起电影，小说好太多了！在我过去三四年读过的美国小说中，《长路》不能说是最好的，但最让我难忘。在戈马克·麦卡锡一生的创作过程中，这部小说占有相当重要的地位。

　　想象一下，你每天坐在电脑前，桌上亮一盏灯，旁边放一个水杯，里面有温热的饮料，窗外有人声、车声，街上闪着灯光。你知道今晚过后，明天太阳又会升起。你有家人、朋友、同事、伙伴，你能看到世界各地的新闻，欣赏最新款手机的广告……但是，假如有一天，大火从天而降，一切都消失殆尽了，这时你该怎么生活？那个昨晚还非常熟悉的世界，如今又有什么意义？假如你有一个孩子，面对这个被毁灭的世界，你该如何教育他？教

---

　　[1]《老无所依》(*No Country for Old Men*)，获2008年奥斯卡最佳影片、最佳导演等四大奖项。

育还有意义吗？当一切只剩下生存的时候，道德还有意思吗？所有的价值，还有什么基底来承托？

　　《长路》的故事背景就设定为这样的世界末日。一场大灾难将世界毁灭，幸存者在地球上苟延残喘。几年后，人们陆续饿死、冻死或自相残杀而死。海水变成灰色，河里不再有鱼，植物不再生长，人只能吃一些文明时代存留下来的食物，比如罐头。然而，这些食物也所剩不多了，人类挨不了多久。于是，盗窃、谋杀，甚至吃人肉的现象都出现了。当人们在市镇间穿梭，寻找活下去的机会时，他们会看到路边树枝上悬挂的尸体，有时甚至是死婴。妈妈生下孩子，觉得孩子不可能在这个世界上存活，自己和家人又很饿，何不干脆把孩子吃掉？当你看到婴儿的肠子挂在火炉边，烟火熄灭没有多久，你就知道刚才有人在这里吃婴儿了。你得赶快逃离，不能和他们相遇，否则自己也会遭殃。然而，你能说他们就是坏人吗？当世界末日来临，原先的社会道德恐怕都要像尼采所说的那样重新评估了。

　　《长路》写的是关于父子的情感故事。父亲带着年幼的儿子，行走在世界末日的路途上，缓缓向南方海岸靠近。母亲在世界末日即将来临时生下孩子，几年后再也受不了这样的日子，就投奔荒野自寻毁灭了。于是，剩下这对孤独的父子在世界末日求生挣扎。男人相信，到了南方，也许会有出路。除了这样的信念，他还能做什么呢？

这样的故事非常难写，很容易变成情节起伏、高潮迭起的恐怖剧。可是戈马克·麦卡锡用非常饱满的想象力和对文字的极尽雕琢，创作出一种典故跟智慧夹杂融合的文体。英文原著写得非常美，用典繁多，辞藻华丽，每隔几页就迸出一些美得让人心碎的句子。翻译时要想准确掌握那种行文语气是非常困难的事，我极少称赞译者，可是台湾毛雅芬小姐的翻译水平真是上乘。

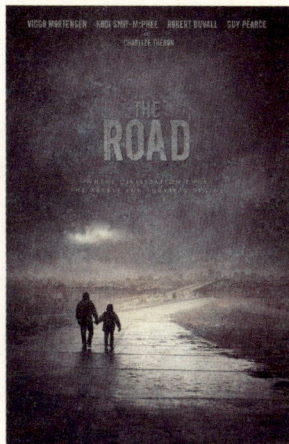

《长路》改编成电影《末日危途》海报

这对父子在路上漫游时，偶尔会想起文明世界的情形。男人会想起他的太太、他的童年，想起以前有蜜糖、果酱、面包的丰足日子。他梦见太太以新娘的形象出现，他和儿子走在遍地开花的树林里，鸟儿从头顶飞过，天空蓝得刺眼。梦太美了，他在梦里都知道这不是真的，所以他学会了在梦中把自己叫醒。有一天，男人忽然路过小时候住的房子，便走进去看看。他想起一个寒冷的冬夜，暴风雨导致停电，他和姐姐坐在餐厅的火炉旁做功课……这时儿子走过来对他说，我们该走了，爸爸。

漫游的过程中，男人身上带了一个很没意义的东西——钱包。有一天，他坐在路边掏出钱包，检视里面的东西：一点钱、几张信用卡、驾照，还有妻子的照片。他像打扑克牌一样，把东西摊在马路上。因汗湿而发黑的皮夹被他扔进树林里，他拿起妻子的照片看了一会儿，最终还是留在马路上，起身离开。有时候男人会从废墟里找到一些东西给儿子玩。有一回他找到一支笛子，孩子开心地吹起来。父亲听到身后传来乱无章法的笛声，回头望见孩子正专注于自己的世界，像挨村宣告流浪马戏班到访的传报儿童那样，矮小丑怪，孤僻哀伤，全然不知马戏班早让野狼夺去了性命。父亲每一天活着只是为了孩子，孩子像野人般生长，很安静，不大说话。父亲知道等待孩子的命运是什么，但他不忍说出真相。

有时，在市镇街道空无一人的角落，孩子看到有小男孩在跑步，就叫父亲等着。可父亲说，不可能有小男孩，那只是你的幻想，你从没见过什么小男孩。但孩子说，爸爸，我们去接他，带他一起走，把狗也带走——孩子说他还见到一条半死不活的狗，炭黑的皮包裹着骨头，已经跟了他们两天。孩子想把这条狗也带走，就跟父亲说，狗会找东西给我们吃。父亲说，不行。孩子说，那我分一半食物给那个小男孩，行吗？父亲还是说不行。孩子哭了起来，抽抽噎噎地说，那个小男孩怎么办？其实，父亲知道，那个小男孩和狗都是幻象。

孩子一路很关心一个问题：什么叫好人？因为父亲常常要他做一个好人，告诉孩子我们不能吃狗，更不能吃人。偶尔他们闯进别人的地下室，发现一些食物，父亲叫他感恩之后再拿来吃。孩子不会祷告，只能胡乱感谢一下那些留下食物的主人。后来父亲发现，他不能为取悦孩子而编造一个世界，眼前这个世界真的什么都没有了，比如有时孩子会问，刚才天上那个是乌鸦吗？他说，不是。孩子又问，是不是只剩下书里的乌鸦了？他说，是的。

看到这个世界残酷的真相，父亲想起自己年幼时的残酷。他曾经在美国南部一个小镇上跟一帮很粗野的男人跑到荒野里，看他们铲开一些泥块，引出上百条正在冬眠的毒蛇，然后朝蛇群泼洒汽油，活生生将它们的躯体点火，像遍寻不着万恶的解药，只好着手歼灭假想的邪恶化身。燃烧着的蛇疯狂地扭动着，有几条挣扎着爬回洞底，照亮了地洞的幽暗深处。蛇本喑哑，却也好像发出了痛苦的呻吟。他们见证了蛇体的燃烧、蜷曲、炭黑，最后在冬日薄暮中解散，回家吃晚餐。现在父亲知道，自己也快要死了。在这个世界上，病了就无药可治。有一天，他看着儿子入睡，火光映红了孩子的脸。他对自己说，每一天都是谎言，而你快要死了，这是唯一的事实。

（主讲　梁文道）

自由

不幸家庭之镜

　　强纳森·法兰岑（Jonathan Franzen，1959— ），
美国小说家、《纽约客》撰稿人。著有小说《第
二十七座城市》《强震》、随笔集《如何孤独》、回
忆录《不舒适地带：个人史》。

一些很偶然的原因会促使你迈出第一步，然后一步一步把你推向无可挽回的境遇。

当今世界文坛，英语文学无疑是最具活力的一支。以英语为母语的国家非常多，他们将各自的文化传统和独特腔调注入写作，使英语文学丰富多彩。英国作家看到加拿大作家写得好，可能会将其视为同行或对手。这跟中国的情况不一样，中国作家只跟本国作家比较。

在英语文学中，有一个国家的文学比较特别，那就是美国。美国小说界好像一直对"伟大的美国小说"这个概念特别着迷。这个名词的含义是什么呢？我有一个很粗糙的归纳：首先，它应该像《白鲸》那样人人喜闻乐见，既有很高的文学造诣，又能打动一般读者；其次，它要关注一些特别宏大的主题，不仅要契合时代的关怀，还要具有永恒性与普世性；更重要的是篇幅要够长，人物要立体、具象，还要比较写实。

这样一种文学传统最近二三十年却遇到了很大麻烦，因为很多曾经写出过"伟大的美国小说"的作者，包括一些诺贝尔文学奖得主——辞世。谁是接班人呢？在美国文坛甚至整个英语文学世界着急了这么多年之后，2010 年终于有一位美国小说家登上

强纳森·法兰岑登上《时代》杂志封面

《时代》杂志封面。这是继 2001 年斯蒂芬·金[1]当上该杂志封面人物之后，第一位获此殊荣的作家。他就是《自由》的作者强纳森·法兰岑。

强纳森·法兰岑早就是个家喻户晓的作家了，2001 年他出版过一本畅销书 The Corrections（《纠正》），据说全球销量超过 300 万册。这部小说出过中文版，但好像不太被注意。强纳森·法兰岑一直坚守文学的纯正性。很多年前，他写过一篇文章，批评我们这个时代被电视毒化掉了，喜欢鼓吹一种盲目的乐观情绪，

---

[1] 斯蒂芬·金（Stephen King，1947— ），屡获奖项的美国畅销书作家，被《纽约时报》誉为"现代恐怖小说大师"。著有《肖申克的救赎》《尸体》《闪灵》等，其作品经常被改编成电影。

而真正重要的文学风格是悲剧现实主义，它是盲目乐观情绪的解毒剂。

《纠正》获得了很多赞誉，大家都看好法兰岑，认为他是"伟大的美国小说"的接班人。美国电视脱口秀天后奥普拉邀请他上一个读书节目。法兰岑答应之后又后悔了，说他感觉不太好，上奥普拉的节目违背了他一向坚持的原则。奥普拉说，那就算了，你别来了。当时这件事还惹起一场争论，照我们的说法，有炒作的嫌疑。不过，在《自由》出版之后，他终于还是上了奥普拉的节目，在美国乃至全世界引起轰动。

法兰岑是一个有点孤僻的人。他喜欢观察鸟，离加州他家不远处有一片很适合观察野鸟的地方，他躲在那里，用了整整九年时间写作《自由》。他有一些很特别的写作习惯：躲在一个租来的小办公室里，早上7点钟开始写，每天写八小时，一周写六七天，写的时候一定要拔掉网线。他认为，如果又上网又开手机，不可能是个认真写作的作家。写《纠正》的时候，他戴上耳塞，把窗帘全拉上，甚至戴上眼罩，在一种几乎黑暗的状态下写作。据他解释，这能让他处在梦一般的状态，像做梦一样失去自控能力。写完一些对白后，他还会大声朗读，听听写得怎么样——这个习惯倒是很多作家都有。

在这样一种孤绝的状态下，法兰岑写出了《自由》。评论家说，这是 21 世纪前十年最重要的美国文学作品，甚至是此时期最重要的英语文学作品。有人更夸张地说，这是世界文坛的盛事。还有人说，这是这个时代的《战争与和平》。《自由》的确跟《战争与和平》有某些关联。但是，假如《自由》就是 21 世纪前十年美国文坛向世界交出的成绩单，我们会发现这太奇怪了，因为法兰岑完全回归了 19 世纪的写实主义，有点像托尔斯泰、巴尔扎克和狄更斯。但它又不像 19 世纪的写实主义小说那样，一下子很夸张地把整个时代包裹进去，而是像全景式的画卷慢慢铺开，集中写一个家庭，然后旁涉美国社会背景，连"9·11"事件、伊拉克战争都有。一本新世纪的小说，竟然用最传统的写法来表达对世界的看法，有一点讽刺，不是吗？

这部小说的故事并不复杂，篇幅那么长是因为作者写得非常仔细，对人物的性格、心理、动作、语言刻画很多，还有很多非常精彩的人性分析。在别的小说家笔下，把这样的分析夹杂进去，有几处就很有亮点了。然而，《自由》每隔几页就有一些灿烂而深刻的描写，这是最好看的部分。比如故事的主人公沃尔特从事鸟类保护工作时，因为猫总是捕杀他心爱的野鸟，他就劝大家不要让猫出来玩，甚至说应该给猫套上口罩。有一天，他忍不住把邻居家的那只猫抓起来，丢到远处一个动物保护中心。女主人马上明白他就是幕后黑手，她恨他，愿意陪他玩这个仇恨游戏。她养了新猫，故意把它们引向这个可恨的邻居。

这部小说到底讲什么呢？我们可以用《安娜·卡列尼娜》开篇那句名言来描述："幸福的家庭都是一样的，不幸的家庭却各有各的不幸。"《自由》主要讲述一个美国家庭如何变得不幸，沃尔特和太太佩蒂一家三代人如何变得痛苦不堪。这里面触及不同国家、不同文化的人面临的一些共同的家庭难题，很难说清谁好谁坏，"坏人"走到那一步也是有原因的。《自由》里几个主要人物，都是想努力把事情做好的人。沃尔特是个难得一见的好男人，有原则，有社会责任感，对艺术感兴趣，对金钱不在乎，尽力讨好身边的人。他的太太佩蒂想做个好妈妈，虽然后来跟丈夫最好的朋友理查德搞出了外遇。理查德英俊性感，对性上瘾，因为敬重沃尔特，尽量压制对佩蒂的情欲。

三个人都没什么大问题，可是最后闹到不可开交的地步，怎么回事呢？我从小说中看到了最可怕的原因——人生会遇到无穷的人和无数的机遇，一些很偶然的原因会促使你迈出第一步，然后一步一步把你推向无可挽回的境遇。比如一个男人想甩掉不那么爱的女人，觉得这是一个错误的爱情，可最后他还是被捆绑住了。再比如父母跟子女的关系，佩蒂为了逗儿子开心，不加修饰地讲述邻里间的猥亵八卦，连沃尔特的种种古怪行为也不在避讳之列。看着儿子为之发笑，她并不觉得自己背叛了老公，她要儿子喜欢她——这是很多妈妈都会用的方法。后来，儿子跟他们闹翻，离开了家。

所有幸福的家庭都很相似，所有不幸的家庭各有各的不幸。残酷地说，大部分家庭都有一点点不幸，有的甚至非常不幸。不幸从哪儿来呢？我觉得反省是相当重要的。佩蒂后来得了抑郁症，医生让她以旁观者的角度写自传，梳理一下自己的人生。她才发现自己小时候一直没怎么得到父母的关注。父亲临终的时候想拍拍她的肩膀，把手放在她的肩头，最后还是犹豫不决地拿开，手悬浮在半空中。佩蒂终于明白了，父亲从来只有这一种方式来表达亲密。佩蒂为人母后，跟子女之间的关系也出现裂痕，最疼爱的儿子跟她形同陌路。

痛苦是会遗传的，如果人小时候没有得到父母足够的爱，不知道怎么跟父母相处，长大后也就不知道如何跟自己的子女相处。如果不去反省的话，只会将仇恨投射到外面，不知道自己为什么会变成今天这个样子。

（主讲　梁文道）

狂野之夜！

向大师致敬

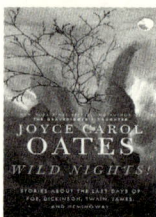

乔伊斯·卡罗尔·欧茨（Joyce Carol
Oates，1938— ），生于纽约，美国威斯康
星大学文学硕士，1978 年起在普林斯顿大
学教授文学创作。著有《北门畔》《大瀑布》
《我们是马尔瓦尼一家》等百余部作品。

这就是天堂，我还没死，上帝就准许我先进来看看。

假如你经常阅读英语文学作品，你不可能不知道乔伊斯·卡罗尔·欧茨。她是一个非常多产的老牌作家，50 年来出版过 100 多本书，包括长篇小说、短篇小说、诗集、剧本、文学评论等，几乎所有门类都有涉及。她在大学教课，也做各种文学奖的评审，得过美国国家图书奖，几次被提名诺贝尔文学奖。不过，在有机会拿到诺奖的美国作家里，她又不算头号大热门。

《狂野之夜！》是欧茨一本很怪的短篇小说集，由五篇作品构成，分别讲述爱伦·坡、艾米莉·狄更生[1]、马克·吐温、亨利·詹姆斯[2]、海明威五位美国文坛大师的故事。故事当然是虚构的，欧茨以这些作家的背景和作品作为参考，虚构他们在人生最后阶段经历的事情。透过这样的写作，她其实是在向这些伟大作家致敬，在回顾的同时注入自己的观察，分析作品与作家的人生之间

---

[1] 艾米莉·狄更生（Emily E. Dickinson，1830—1886），美国女诗人。生前只发表过几首诗，离群索居，默默无闻，死后近七十年才得到文学界的关注，被现代派诗人追认为先驱。

[2] 亨利·詹姆斯（Henry James，1843—1916），生于纽约，1876 年迁居伦敦，被誉为西方现代心理分析小说的开拓者。著有《鸽翼》《一个美国人》《贵妇人画像》等。

的关系。

读这本小说的时候，可能会觉得有点陈腔滥调，比如爱伦·坡以侦探悬疑著称。她写这位作家时，笔下也有点这种感觉。写艾米莉·狄更生时，她好像要秉承某种女性主义的观点，把狄更生写成一个虚拟般的人物、一个看不见的女作家。写亨利·詹姆斯时，她把他写成一个非常纤细、自闭、远离现实世界的人，跟大家对他的印象相同。尽管有陈腔滥调的倾向，但这本小说仍然很好玩，假如你热爱文学史，读起来会很过瘾，因为它好像真的写出了这些作家会遭遇的事情。

亨利·詹姆斯是我喜欢的一位作家，他在世时已被称为大师。他的文体特别华丽、精巧、优美，美丽纤细到不食人间烟火的地步，而他本人也常被认为非常自闭。他一生回避爱情，伤过一些女人的心，被很多人认为是同性恋。他伤女人的心，并非因为背叛她们，而是他从来不愿意敞露心房，躲避现实世界。

亨利·詹姆斯后来离开他讨厌的浮华美国，移居到英国住了几十年。七十几岁，在他声誉最高的时候，他忽然做出一个非常古怪的行为：离开干干净净的优雅生活，跑去一家医院，给从一战战场上回来的重伤军人做义务看护。其实，亨利·詹姆斯非常怕血，非常怕脏。当年美国南北战争招募军队的时候，他怯懦地躲开了，现在居然去做这种事。

这个老派绅士跟医院血腥、混杂的环境格格不入，护士根本不知道他是谁。他看到伤员流着血，疮上流着脓，蛆都要出来了。他跟伤员说，亲爱的孩子，坚强些，在英国的土地上，你现在非常安全，你会在这里得到最好的治疗，然后回家跟亲人团聚。这些话原本可能出自满脸堆笑的政客嘴里，不知怎么却由这位大师说了出来。他不清楚这些话从何而来，也不清楚到底是真是假，但他被一个事实震撼了：生平第一次，他用这种方式接触另一个人，而且还是个陌生人。

在医院里，这位大师居然到了打扫便盆的地步，到了被护士用棍子殴打的地步。他端着便盆清理时，手无意中抖了一下，难闻的脏东西一下子溅到地上。他必须马上把地板拖干净，被人呼喝道："手脚麻利点，伙计。"他不由得想到，他的作品从未提及便盆，从未写过任何排泄物，甚至连排泄物的味道都只字未提。这是他第一次接触到那个精巧、繁华的文学乐园之外未曾触及过的世界，这个世界是肮脏的，蟑螂四处攀爬，水沟里粪便漂浮，充满恶臭。但他说："这就是天堂，我还没死，上帝就准许我先进来看看。"这句话写得太好了，很耐人寻味。这样一个地方，对一个见到血会发晕的人来说，为什么是天堂呢？这句他本人笔记里的话，被欧茨引用到小说里。

《狂野之夜！》里还有一篇小说，我觉得也非常特别，篇名叫《爸爸在凯彻姆，1961》，写的是海明威。海明威是我们都很熟悉的人物。他喜欢冒险，喜欢打猎，喜欢参加战争，喜欢标榜雄性气概；喜欢征服女人、欺骗女人、玩弄女人，然后抛弃她们；喜欢得到别人的赞赏，但又觉得所有人都不了解自己。他一直追求文学上某种更高的境界，觉得自己尚未写出最好的作品，然后在这条道路上变得虚弱乏力，最后选择了自杀。

小说从海明威一次未遂的自杀写起。当时，海明威离开心爱的古巴，跑到美国内陆凯彻姆一个庄园居住。篇名为什么用"爸爸"这个称呼呢？因为海明威有个外号叫"爸爸"，此外，这篇小说是从他儿子的角度写的。海明威觉得儿子从小欠缺男子气概，就逼儿子开枪射杀动物，带儿子去妓院找妓女，让儿子经历人生中第一次性爱。这篇小说用儿子的视角去描写这个几乎摧残掉他整个人生的爸爸。

当海明威垂垂老矣，身上长满脓疮，上厕所时肛门会排出血块，平常坐着会小便失禁时，他想到了自杀。但如果发出声响，说不定他很讨厌的第四任太太会来阻止。他就幻想先开枪把太太干掉，想到这儿他变得兴奋起来，按捺不住激动，手都不由得颤

抖起来。他最真实的生命潜藏得如此深藏不露，年少时他就知晓
此理，成年之后无论是喝酒聚会、招待客人，还是扮演大家喜欢
的小丑爸爸，他都深谙此道。当他身穿散发着汗臭味的睡衣睡裤
躺在床上饱受腹痛失眠之苦时，他更加深信不疑——他自始至终
都是一个人，带枪的人注定孤独，不需要他人陪伴。

　　很多人认为，海明威自杀是文学困境造成的。这本小说不能
免俗地从这个角度理解，但写得很好。它写道：精确是句子的生
命，句子的质地类似于钢，它看似细小微弱，却包含着坚硬和韧
性。句子之外就是段落，那是一只拦路虎，令人望而生畏，它将
通行的道路拦腰截断，让你的车辆寸步难行。一想到段落，海明
威就觉得头昏眼花，天旋地转，血压骤升，心跳耳鸣。人生最后
阶段的写作，海明威居然要翻字典来找有什么词可用。

　　　　　　　　　　　　　　　　　（主讲　梁文道）

2666

诗意连贯的奥秘

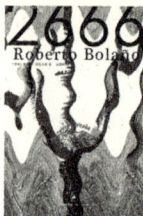

罗贝托·波拉尼奥（Roberto Bolaño, 1953—2003），智利作家。1977年定居西班牙。著有《荒野侦探》《遥远的星辰》《智利之夜》等，被《明镜周刊》誉为"当代西班牙语文学中最胆大的作家"。

各种声音的回响、各种奇妙的耳语，在一部语词密林里闪闪烁烁。

《2666》这个书名太古怪了，很多评论家根据作者生平及其他作品加以揣测，但在这本将近900页的厚书里实在找不到线索。如果真要追究这名字有什么意义的话，我觉得是这本奇书应该写成2666页。它由五部长篇小说构成，内容非常密集，其中任何一个段落换成其他作家来写，都可以铺张成更长的篇幅。

按照作者罗贝托·波拉尼奥的遗愿，五部小说原本想分开出版，一年出一本，以保障子女有较为长期的经济来源。大概家人觉得这不重要，就按照文学的完整性合在一起出版了。你可以把它们看成是独立的五部小说，但你最好一口气读完，然后会发现非常有意思。

罗贝托·波拉尼奥是智利作家，小时候不是好学生，中途辍学。他热爱阅读和文字，受不了学校那一套，就跑出去跟朋友办剧场、写诗歌等。后来他们家移民到墨西哥，他又辍学回到智利，参与当时拉丁美洲风起云涌的左翼运动。

20世纪60年代以前，很多拉美作家只在本国享有声誉。六七十年代出现的拉美文学大爆炸，改变了拉美各国文学界交往不密切的状况。那时期出现了灿若群星的伟大作家，如马尔克斯、略萨等。他们关注的不再是本国现象，而开始谈及拉丁美洲共有的问题，如独裁统治、印第安人跟殖民者之间的血泪故事等，一起将这个满是伤痕和神秘色彩的大陆带进世界文坛。这一场爆炸炸出很多奇奇怪怪的名词，如魔幻写实主义、超级写实主义、结构写实主义等。但是当大爆炸结束，已成名的作家都被封为大师之后，拉美文学好像就有点疲软了。

随后出现一批非常激进的左翼青年，他们喜欢介入政治运动，搞文化革命的同时搞政治革命。罗贝托·波拉尼奥就是其中一员，他回到智利就是要搞这样一个运动，去支持心目中很重要的一个政治人物——智利前总统阿连德[1]。阿连德死后，皮诺切特[2]将军执政，大肆追捕左翼青年。罗贝托·波拉尼奥被捕了，坐了几个月牢，后来逃回墨西哥。

当时罗贝托·波拉尼奥还推动了一场叫作"Infrarrealism"的诗歌运动，追求一种很纯粹的文学，认为将写作当成职业是不道德的，写诗尤其不能成为职业。所以，他一辈子大部分时间都在

---

[1] 萨尔瓦多·阿连德（Salvador Allende，1908—1973），1970 年当选智利总统后推行"社会主义之路"规划，1973 年在皮诺切特将军领导的军事政变中身亡。

[2] 奥古斯托·皮诺切特（1915—2006），智利陆军总司令，1973 年 9 月发动政变建立军政府，此后统治智利长达十六年。

干其他工作，比如酒吧守门人、水管修理工、洗涤工，干完杂活
后晚上写作。他的写作条件非常艰苦，最苦时趴在地板上写，因
为他买不起桌子。

后来他移民到西班牙，可以说是自我流放，这也是很多拉美
作家走过的道路。他住在巴塞罗那附近一个海边小镇，与一位西
班牙女子结婚生子。有了孩子之后，他的想法变了，很显然写诗
或者做零工养不活孩子，而且他知道自己有病，想留一笔遗产给
子女。他 50 岁就因肝病去世，留下的遗产就是《2666》。早在
《2666》出版之前，罗贝托·波拉尼奥就声名鹊起，被公认为西
班牙文学新一代大师。他的《荒野侦探》引进中国后大受欢迎，
被评为年度十大好书。但我觉得它比不上《2666》，《2666》是本
奇书，是 21 世纪第一本大师级巨著。

这本书开头讲述四位欧洲学者想寻找一位神秘德国作家的下
落，结尾讲到这位奇怪的作家为什么隐姓埋名，跑到遥远的墨西
哥城镇隐居。第一部《文学评论家》用一种很轻盈的喜剧写法，
描写一群欧洲学者充满纠葛的小世界。有评论者说它像戴维·洛
奇 [1] 的《小世界》，好像在讽刺学术界。但是，罗贝托·波拉尼奥

---

[1]　戴维·洛奇（David Lodge，1935—　），英国小说家、文学评论家。其最
著名的小说都以文化界为背景，著有"卢密奇学院三部曲"：《换位》《小世界》《美
好的工作》。《小世界》描述了当代西方学术界种种景象和冲突。

的笔调很轻，你并不觉得他在讽刺什么，或者说，这不是他关注的重点。

《2666》五部小说采用完全不同的叙述方式，第一部有点轻喜剧的感觉，到了第二部《阿玛尔菲塔诺》，开始有很多拉美文学常见的超现实、魔幻的东西出现。第二部的主角是四位欧洲学者在墨西哥城镇认识的智利学者，他有很多奇怪的遭遇，做了一些奇怪的事，让你感觉他发疯了。比如他找到一本很奇怪的书叫《几何学遗嘱》，他觉得对待这本书的好方法是把它挂在自家院子一根晾衣绳上，让它经受风吹雨打，然后天天研究它。更怪的是，他听到有个声音跟他说话，一开始他以为是父亲的灵魂，后来觉得是爷爷的灵魂，总之是他家先人在跟他说话。那个声音有时会问他，你教哲学吗？你讲授维特根斯坦吗？你想没有，你的手是一只手吗？他回答说，想过。那个声音说，可现在你有更重要的事要想，我说错了吗？他回答说，没错。那个声音说，为什么你不去苗圃商店买些种子、植物，甚至一棵小树，栽种到你的后花园里呢？

这是一种非常梦幻的语调。但到了第三部《法特》，变成有点像美国钱德勒[1]硬汉派侦探小说的写法。主角叫法特，在英文

---

[1]　雷蒙·钱德勒（Raymond Chandler，1888—1959），生于芝加哥，被誉为硬汉派侦探小说的灵魂。硬汉派（Hard-Boiled School）擅长描写大都市的罪恶，推理解谜不再是故事的主轴，侦探主角也不再高人一等，他们身处黑暗的社会，必须倚恃拳脚和毅力才能生存下去。

里是"命运"（fate）的意思。他是一个美国黑人记者，专门报道与黑人文化有关的东西。他跑到墨西哥城镇是为了报道一场拳击赛，可他发现这里有一连串针对女性的血腥谋杀案，一直没有破案，非常神秘和恐怖。

这一部体现了《2666》的一个最大特色，就是跑题跑不停。它总是叙述到某个人物时忽然岔开一笔，沿着这个人物一路说开去，洋洋洒洒二三十页后才返回来。比如法特认识小镇前黑豹党成员希曼，跑去听他布道。希曼说他要跟大家分享五个问题：第一是危险，第二是金钱，第三是食物，第四是信心，第五是用处。他分享的内容非常荒谬，但居然全文照录。比如讲到第五个问题"用处"时，他一开始批评现代人笑容的虚伪，接着谈到生活质量如何改善，最后劝信徒们多吃蔬菜，并开了一个食谱，教大家做一道菜。这本书充满了这种莫明其妙的细节，难怪很多人看着看着就晕了。不过，有些细节非常吸引人，是对社会现实的辛辣讽刺。比如谈到墨西哥拳击赛，说因为饮食、体型等问题，墨西哥很少有重量级选手，然后岔开讲到如今墨西哥有了一位比美国总统个子高的总统，这事在从前是不可想象的，过去墨西哥总统顶多到美国总统的肩膀，有时头顶勉强超过美国总统的肚脐眼。

不停跑题，加上如此丰富的细节，使我们看整本书的主要线索和人物关系时，感觉层次很立体，非常有质感。像《清明上河图》一样，无数的细节和人物使你对汴河及其流贯的汴京有了丰富的美学感受。这种作用在第四部《罪行》里体现得最为明显。第四部是全书篇幅最长也是最惊世骇俗的一部，写墨西哥与美国接壤的一个城镇上，1993年至1997年间发生了一百多起针对女性的谋杀案。虽然是虚构的故事，但它有现实作为参照，墨西哥与美国接壤的一个城市确实在那段时间发生过连环谋杀案，罗贝托·波拉尼奥花了很多时间做这方面的研究。

在小说里，他像法医报告一样，将案件按年代一一罗列下来，陈述那些女人是怎么死的：有些女人是被勒死的，舌骨碎裂；有些女人的死状是头被埋在地下，身子倒卧在泥土外面；有些女人被短剑砍杀或被枪杀；有些女人生前被强奸或轮奸。他用一种非常冷酷的写法，不带感情地写一个个案件，让你觉得读的不是小说，而是一连串案情报告，整个人的感情都麻木掉。但它不是一般的案情报告，夹杂了大量正在办案的警察、法官、检察官的形象，还有关心这些案件的媒体、百姓、政客等。他采用跟现实平行的写法，把人间地狱的景象活现在读者眼前。他写凶案如何在城镇引起恐慌，然后大家麻木，开始习惯罪恶。

　　五部小说每一部都有鲜明的特色，但是有一些共同的色彩贯穿其间。罗贝托·波拉尼奥是个诗人，他最爱的始终是诗。他对细节的诗化处理贯穿全书，尤其是第五部《阿琴波尔迪》。这部写一位德国作家意外翻到一个俄罗斯年轻作者的手稿，又从这部手稿里认识了一位俄罗斯科幻小说家。在那个大家轮流被整肃的年代里，名叫伊万诺夫的科幻小说家坐了牢。他蹲大狱期间，和一只老鼠成了朋友。这只老鼠半夜出来跟他进行长时间的对话，他们不谈文学，不谈政治，只谈各自的童年。他很想念母亲，跟老鼠讲起母亲的故事，讲起兄弟姐妹的故事。老鼠窃窃私语，说起莫斯科的阴沟，也说起母亲的温情和妹妹们的顽皮行径。有时他情绪沮丧，一手托着下巴问老鼠，他俩的未来会怎样。老鼠用半忧伤半困惑的眼神望着他，他明白了，这只老鼠比他还无辜。后来，他被人从后脑勺一枪打死了。

　　这是一个非常奇特、非常美丽的段落，而这样的段落充斥全书。所以，尽管这本小说有那么多残暴的描写，有那么多性爱的场面，有那么多令人咋舌和冷血的图景，我仍然觉得它很美。尽管整本书由五篇小说构成，情节不够完整和连贯，但我相信任何一个读者都会忍不住想把它看完。我们过去有一种想法，觉得小说应该是有机体，就像人体各个器官之间的配合是有机的。在这本小说里，我读到的是一种诗意的连贯，把五部分内容贯穿起来的不是人物，不是情节，也不是笔调，而是某些很奇特的形象、姿态和语言。这些诗意的联系，有情节上的重要性吗？没有，但是里面充满了各种声音的回响、各种奇妙的耳语，在一部语词密林里闪闪烁烁。

（主讲　梁文道）

大河尽头

南洋华人的浪游文学

李永平（1947— ），生于英属婆罗洲沙捞越邦古晋市，马来西亚华人。1967年就读于台湾大学外文系，后赴美国攻读比较文学硕士和博士学位。著有《婆罗洲之子》《吉陵春秋》《海东青》等。

他希望救赎她们，救赎的手段是那图腾般的、神秘的方块文字。

最近几年，很多港台作家纷纷在内地出书，但我始终觉得欠缺一块——马华文学。我们常常以为，马华文学不外乎一群远在新加坡、马来西亚的华人作家尝试用中文写作，恐怕不是中州正韵。我们视之为边陲文学，却忽略了它庞大的创作潜能。

最近终于有一部很了不起的马华文学作品在内地出版了，就是李永平先生的《大河尽头》。李永平能不能叫马华作家呢？他生于婆罗洲沙捞越邦古晋市，原是英国殖民地，今属马来西亚。后来，他在中国台湾念书、教书、写作。他非常讨厌人家说他是马华作家。因为他出生时，马来西亚这个国家还不存在，后来马来西亚建国了，他却痛恨这个国家，认为完全是大英帝国的阴谋。马来西亚分为两大部分，东边是婆罗洲，西边是马来半岛，中间隔着一片大海。婆罗洲是世界第三大岛，现在分属三个国家：一大半属于印度尼西亚，一小半属于马来西亚，还有一小块是文莱王国。

南洋华人在华洋杂处的环境下成长，一般都没有很强的国家身份认同。李永平说，他原是英属殖民地的臣民，1963 年马来西亚建国后，变成马来西亚人，1967 年到台湾，在此落脚 40 年，台湾变成第二故乡。他觉得自己无法完全认同上述任何一个地方，有时宁愿说自己是广东人。南洋华人的乡籍认同往往比国家认同还要强烈。

不过，李永平很认同文化上、精神上的中国。当年到台湾之前，他原本打算先到大陆，但是正值"文革"，只好退而求其次去了台湾。到现在李永平也没有再回祖国大陆，他担心破坏了心目中的那个中国形象。他在台湾还到处搬家，几乎处于漂泊的浪子状态。所以，他写的是南洋华人的浪游文学。他说自己是一个没有母语的作家。少年时代，说普通话的风气还未盛行，周围人讲各种方言，广东话、客家话、闽南话、海南话，夹杂着英语和马来语。在那种混杂状态下，哪种语言是母语呢？李永平从小受的是英国殖民时期的英文教育，用华语写作并非命定。我们用母语写作无须选择，对他来讲确实是需要选择的。

当年李永平写出《吉陵春秋》的时候，整个台湾文坛为之震惊。怎么今天还有人能写出如此纯正典雅的中文？后来他的《海东青》虽然有些问题，但文字的运用还是极为复杂、精密，连文学评论大家都形容这是一部要查字典才能读的小说。《大河尽头》也是如此，恐怕也得准备字典。身为华语小说家，李永平的中文词汇量在港澳台的作家里恐怕是数一数二的。

我并不是说，一个小说家懂的生僻字多，写出来的就是好小说。我觉得今天有些中国作家写小说的时候，只把文字用作传达信息的工具，服务于人物形象的塑造、故事情节的发展等，所以常常用"用字是否精准"来衡量。但是应该还有另一种看待小说的方式，那就是将小说看成是一种"致广大而尽精微"的文体，小说本身的文字可以像诗一样给人以愉悦感。我们读诗的时候，并非要读到什么故事，而是在享受文字的冲击力。像《大河尽头》这样的小说，很多人觉得是语言的暴发户，其实是一种误会。我觉得李永平、张贵兴[1] 等马华作家很独特的一点是他们将汉字带到了一种前所未有的境地。在华语文学几千年的历史上，不曾出现热带雨林的极致描写；那个华美富饶而又衰颓腐烂的神秘世界，而今被纳入中文版图，把中文的潜能再度发挥出来，令人震撼。

《大河尽头》上下卷合计四十多万字，主人公是一个名叫永的婆罗洲华人少年。15 岁那年放暑假，父亲让他去房龙小姐的橡胶庄园做客。房龙小姐是父亲昔日的情人，38 岁，风韵犹存。现属印尼管辖的那一部分婆罗洲过去是荷兰的殖民地，房龙小姐是荷兰人的后裔。她要带永在中国农历的鬼月去溯游一条河，河的源头是圣山峇都帝坂。这趟朝圣之旅是她送给这位小男孩的成人礼。他们跟着一个探险队出发，里面有白人绅士、淑女，有著名探险家，也有大

[1] 张贵兴（1956— ），马来西亚婆罗洲人。台湾师范大学英语系毕业，目前在台湾担任教职。著有《赛莲之歌》《群象》《我思念的长眠中的南国公主》等。

《大河尽头》下卷封面

英帝国的律师、联合国教科文基金会专员等。众人溯河而上，穿越雨林，一路上有许多奇遇。原住民、外来者，还有亡魂，混杂出没于莽莽苍岭间，演绎出一个波澜壮阔的诡异世界。

　　雨林景象出现在很多西方小说家的笔下，但是除了康拉德[1]等少数几位作家外，没有几人写得像《大河尽头》这么好。康拉德的《黑暗之心》后来被改编成电影《现代启示录》，呈现出种种恐怖景象，比如白人疯掉了，士兵迷失后被砍头等。《大河尽头》也写到探险队进入雨林后，人数一直在减少，有的莫明其妙失踪了，有的死了，有的发疯了，有的忽然身中邪恶的雨林梅毒

――――――――――――――
　　[1]　康拉德（Joseph Conrad，1857—1924），英国小说家。1902 年根据刚果河航行经历创作的《黑暗之心》最负盛名。

要回去医治，最后只剩下几个人。李永平写雨林，不仅写出了形状、颜色，连声音都写出来了。他写到树林深处猛兽在捕猎，猎物临死前发出无力的哀叹之声；写到露珠从八九层楼高的树顶慢慢往下坠，经过一整天才掉到地上"噼啪"散开的声音；写到细菌在腐烂的泥土中分解树叶时细细碎碎的声音。他不断寻找新鲜的汉字来描写被常人忽略的声音，用丰富的细节把读者带入了一个人类感官无法探索到的神秘世界。

李永平在这部小说里用了一种非常古典的写实主义结构，同时又加入了大量魔幻色彩的情节，有时以回忆的形式出现，有时以睡梦的方式出现，有时直接就撞鬼了。比如有一个原住民小女孩，人称"小圣母"，她永远抱着一个芭比娃娃，虽然只有12岁，却怀了白人神父的孩子。神父告诉她，你怀的是小耶稣，耶稣会第二次降临人世。后来，小女孩投河自尽，鬼魂一路缠着少年永。她总在河的对岸招手说，永，你过来，我有话要对你说。

小说最奇特之处在于结尾。少年永和房龙小姐终于登上圣山之顶，看见无数无人驾驶的空船，也就是传说中的亡灵之船。在圣山上，丧失生育能力的房龙小姐要跟永完成最后一件任务。房龙小姐作为显赫的荷兰殖民者的最后一代，二战期间曾惨遭日军轮奸。她的子宫被捣烂、切掉，失去生育能力。少年永对她产生了一种复杂的感情，觉得她应该是纯洁的。房龙小姐对永说，我跟你走这一趟朝圣之旅，我要在圣山上把你重新生一遍。

　　这当然是一种神话学意象，你可以把它看成是李永平自我净化的过程。李永平从早年起就不断书写各种女性形象，有时是母亲，有时是未受污染的纯真小女孩，但她们最终都会遭到凌辱。他仿佛是要写一些原始创伤的记忆，比如他离开原乡婆罗洲，再也回不去了；他很想认同中国文化，但中国也不像过去了。失根的创痛和对原乡的怀念以女性形象被表达出来，他希望救赎她们，救赎的手段是那图腾般的、神秘的方块文字。

（主讲　梁文道）

巨流河

惆怅之书

　　齐邦媛（1924— ），辽宁铁岭人，国立武汉大学外文系毕业，1947年到台湾。曾任教于中兴大学、台湾大学，现为台湾大学荣誉教授。除著述外，还引介西方文学到台湾，并将台湾代表性文学作品英译，推介至西方世界，被誉为"台湾文学推手"。

　　"楚虽三户，亡秦必楚"的决心，笼罩着他们那一代人的精神和意志。

　　2009年，龙应台《大江大海一九四九》出版后，引起一阵轰动。当年撤到台湾的国民党部队和随之而去的外省人被她称为"失败者"。有些人并不同意这种说法，其中就有台湾学界泰斗齐邦媛教授。齐先生觉得，若将这些人叫作"失败者"，她父亲不会同意[1]，恐怕几百万老兵都不会同意。

　　《巨流河》差不多同一时间出版，很多人喜欢它，觉得比《大江大海一九四九》写得好。龙应台从第三人称的视角出发，用一种含情脉脉的笔法，写得颇让人感动。齐邦媛写的是自传，写了一段将近90年的历史，从儿时的故乡东北，到抗战时辗转南下，最后渡海来台，虽是倾诉自己的经历，但情感非常克制，保持着一种距离感。这种距离感让人尊敬，在自传写作中难得一见。

　　齐邦媛写道，当年她跟随创办中山中学的父亲齐世英从北平

　　[1]　齐邦媛父亲齐世英为国民党高官。1899年生，辽宁铁岭人，早年留学日本和德国。1925年回国入郭松龄帐下担任文职，随郭松龄兵谏张作霖失败后，流亡扶桑。后加入国民党，应陈立夫之邀任中央政治委员会秘书，主持东北党务，创办中山中学、《时与潮》杂志等。1949年去台，因得罪蒋介石被开除出党，专任"立法委员"，曾与雷震等人组织中国民主党未果。1987年逝于台湾。

一路南下，后来跑到四川乐山去上武汉大学。念武大时，她上过朱光潜先生的课。她写道："朱老师上课相当准时，他站在小小的讲台前面，距我们第一排不过两尺。他进来之后，这一间石砌的配殿小室即不再是一间教室，而是我和蓝天之间的一座密室。无漆的木桌椅之外，只有一块小黑板，四壁空荡到了庄严的境界，像一些现代或后现代的 studio。心灵回荡，似有乐音从四壁汇流而出，随着朱老师略带安徽腔的英国英文，引我们进入神奇世界。

"有一天，朱光潜讲授华兹华斯的《玛格丽特的悲苦》（*The Affliction of Margaret*）。这首诗写一妇女，因独子出外谋生，七年无音信。诗人隔着沼泽，每夜听见她呼唤儿子：'Where are thou, my beloved son...'（你在哪儿，我亲爱的儿啊……）逢人便问有无遇见，揣想种种失踪情境。朱老师读到 'the fowls of heaven have wings...Chains tie us down by land and sea'（天上的鸟儿有翅膀……链紧我们的是大地和海洋），说中国古诗有相似的 '风云有鸟路，江汉限无梁' 之句，此时竟然语带哽咽，稍微停顿又继续念下去。当他念完最后两行：'If any chance to heave a sign, they pity me, and not my grief.'（若有人为我叹息，他们怜悯的是我，不是我的悲苦。）老师取下眼镜，眼泪流下双颊，突然把书合上，快步走出教室，留下满室愕然，却无人开口说话。"

当时正值抗战，相对安全的大后方也天天遭受日军轰炸。那是近代史上中国人最为悲惨的时代，无数人都经历了逃亡千里和妻离子散的痛苦，很多人在战乱中丧生。齐邦媛说，也许在那样的年代，表达感情是一件很奢侈的事情。少年时，齐邦媛曾跟一位国军飞行员张大飞相爱。张大飞也是东北人，父亲因为抗日惨死在日本人手上，其后他便走上从军报国之路。齐邦媛当时还是个念书的小女孩，有很多浪漫的幻想，非常仰慕那个远在他方、开着战斗机升空的年轻男子。

那个年代，中国人是多么感激空军飞行员。当警报响起，大家慌忙躲避敌军轰炸的时候，空军战斗机却挺身迎了上去。飞行员在空战中牺牲很多，加入美国飞虎队的张大飞最后也以身殉国了。齐邦媛在学校收到她哥哥的来信，里面有张大飞写的诀别信。他对她哥哥说："你收到此信时，我已经死了。八年前和我一起考上航校的七个人都走了。三天前，最后的好友晚上没有回航，我知道下一个就轮到我了。我祷告，我沉思，内心觉得平静。感谢你这些年来给我的友谊，感谢妈妈这些年对我的慈爱关怀，使我在上不着天、下不着地全然的漂泊中有一个可以思念的家。也请你原谅我对邦媛的感情，既拿不起也未早日放下……请你们原谅我用这种方式使她悲伤……这些年中，我一直告诉自己，只能是兄妹之情，否则，我死了会害她，我活着也是害她。这么些年来我们走着多么不同的道路，我这些年只会升空作战，全神贯注天上地下的生死存亡；而她每日在诗书之间，正朝向我祝福的光明之路走去。以我这必死之身，怎能对她说'我爱你'呢？"

我们读过很多抗战故事，但很久没看过这么英姿飒爽、光明磊落的国民党空军形象，而且还那么经典地徘徊于爱情和国事的困境之中。这段故事非常感人，曾有导演向齐邦媛提议购买版权拍电影。

可以想象经历了这一切的齐先生，对很多事情早已看淡了。她一生坚决不牵涉政治。她父亲齐世英早年是热血青年，从德国留学回来，因为讨厌张作霖军阀割据混战，参与"倒奉"，失败后流亡。后来他当了国民党高官，因有自由主义思想，到台湾跟蒋介石决裂，还被牵涉进雷震与《自由中国》案[1]，好在一些老同志保住他，才免遭牢狱之灾。父亲这一生的故事给她一个教训：

---

[1]　雷震（1897—1979），生于浙江长兴县，原为蒋介石的政治幕僚。赴台后创办《自由中国》半月刊，刊行的言论屡屡触怒当局。1954年底被开除国民党党籍，1960年入狱，坐牢十年。《自由中国》亦随之停刊。

政治是可怕的。

　　齐邦媛在台湾教书几十年，很多作家、学者皆出自她的门下。白色恐怖时期，她还参与中学国文教科书改革计划。教科书原先充满政治色彩，改革后加入了一些新课文，结果遭到政客批评。比如课文收录了台湾诗人杨唤的新诗《夜》，其中有一句"月亮升起来像一枚银币"，政客说简直离谱，教小孩子看到月亮就想到钱。政客还批评《西游记》选哪段不好，偏偏选"猴子偷桃子"，一点教育价值都没有，教坏孩子。由此言论，可见当时台湾政客的水平。

　　齐邦媛在书中忆起往昔与钱穆先生的交往。作为外文系出身的人，她很难与国史大师交流太多学问，但她从钱穆先生身上感受到传统读书人自然具有的尊严，也感到一种宽容和温煦。正如钱穆在《国史大纲》首页"凡读本书请先具下列诸信念"的要求："所谓对其本国已往历史略有所知者，尤必附随一种对其本国已往历史之温情与敬意。"

　　钱穆先生那一代人永远不会悲观。《国史大纲》完成之时，昆明、重庆在日本轰炸下，前线将士血战不休，该书"引论"说："以我国人今日之不肖，文化之堕落，而犹可以言抗战，犹可以言建国，则以我先民文化传统犹未全息绝故。"这种"楚虽三户，亡秦必楚"的决心，笼罩着他们那一代人的精神和意志。齐邦媛的父亲就算晚年常常落泪，但仍然有这样一种心愿，仍然觉得未来的命运未必就是失败。

（主讲　梁文道）

南京安魂曲

节制的哀悼

NANKING REQUIEM

Roman

HA JIN

哈金（1956— ），本名金雪飞，美籍华裔作家。生于辽宁，14 岁参军，1977 年考入黑龙江大学英语系，后获山东大学美国文学硕士学位。1986 年赴美，现为美国波士顿大学英语系教授。用英文创作小说、诗歌，著有《等待》《战争垃圾》等，曾获美国国家图书奖等诸多奖项。

流泪是一种救赎，南京大屠杀还没有得到救赎。

多年以来，很多人尝试去处理南京大屠杀的题材，但奇怪的是，没有一部作品能让公众满意。对作家、艺术家、导演创作出来的作品，人们总是抱持反驳、怀疑甚至嘲讽的姿态。或许是因为南京大屠杀太巨大、太晦暗了，光线根本无法投射进去，任何一种描述都让人觉得不像心里想象的那样。

对于这场非常能牵动中国人情绪的历史悲剧，我们有很多历史记录，但文学方面的成就远远赶不上西方人关于纳粹暴行的书写。二战结束这么多年，写纳粹屠杀犹太人的作品可谓汗牛充栋，可是写南京大屠杀的有多少？有些人试图通过外国人的视角来回顾这场灾难，但很多人批评说，为什么要用外国人的视角，是不是有意用东方主义的偏见来扭曲事件呢？其实这种做法是可以理解的，在当时尸横遍野、家破人亡的南京城里，除了约翰·拉贝[1]、明妮·魏特

---

[1] 约翰·拉贝（John H. D. Rabe，1882—1950），生于德国汉堡，1909年到中国工作。1937年12月南京沦陷后，他被外国人推举为南京安全区国际委员会主席，与十多位外国人一同救助了25万中国人。记录南京大屠杀真相的《拉贝日记》被誉为中国版的"辛德勒名单"。

南京！南京！海报

金陵十三钗海报

拉贝日记海报

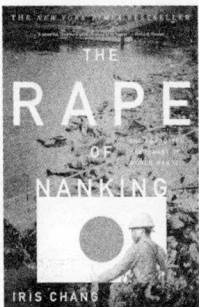

张纯如南京大屠杀封面

林[1] 这些外国人，还有谁能用一种全局的、客观的视角来看待这个悲剧呢？

哈金选择了金陵女子文理学院作为故事背景。代理校长明妮·魏特林无疑是主角，但哈金并不以她为叙述者，而是选择了她的中国助手高安玲这样一个虚构的人物。高安玲是一个英语流利的基督徒，长期在美国人身边工作，而且有一个去日本留学而后被皇军征召入伍的儿子。哈金试图从一个英语世界里的中国基督徒视角去描写南京大屠杀，并通过她的家庭悲剧呈现那个时代人们的境遇。

哈金向来服膺托尔斯泰的一个观点：一部小说应该有两道光，一道在开头，一道在结尾，两道光要往书的中间夹射。《南京安魂曲》的开头引人入胜，立即把我们带入南京大屠杀的现场。当时，金陵女子文理学院小帮工本顺被日本人强行拉去当苦力，看到岸边聚集着上千中国人，里面有士兵，也混着很多老百姓。离人群不远的路堤上，停着三辆坦克，炮口对着人群。有几

---

[1] 明妮·魏特林（Minnie Vautrin，1886—1941），美国传教士，1912 年到中国。南京沦陷后，她作为金陵女子文理学院驻校维持委员会主任，加入南京安全区国际委员会和国际红十字会南京委员会，在学校设立妇女儿童难民收容所。1940 年汪伪政权成立后不久，她被诬蔑为"人贩子""出卖中国人的叛徒"。她后来患上抑郁症，回美国后自杀了。

个中国人举着白旗，旁边一棵树上还悬挂着一条白单子，希望日
军善待他们。一个日本军官大吼了几声命令，一看机关枪旁边那
些日本士兵没有屠杀行动，马上发火了，用刀背猛剁一个士兵，
然后把刀一举，发出一声狂吼，冲着旁边几个中国苦力中最高的
那个扑过去，一刀劈掉脑袋，两股鲜血喷向空中足足三尺高。先
是机关枪旁边的士兵目瞪口呆，接着机关枪响了起来，坦克也开
了火。因为人群太密集，一颗子弹能射穿几个人，不到十分钟全
都倒下了。一群日本士兵跑过去，看见没有断气的就用刺刀刺死。

在小说开头，我们还看到各种强奸、折磨、侮辱，这时候我们
会明白，为什么南京大屠杀通常被译为"The Rape of Nanking"。除
了这些预想得到的场景外，哈金还写了一些出人意料的情景，比如
日本士兵杀了太多中国人，把小河、池塘、水井都弄脏了，找不到
干净的水喝，连吃的米饭都发红了——是用血水煮出来的。如果说
开头这道光是南京大屠杀幸存者目睹的残酷场面，结尾那道光就是
高安玲个人的时代悲剧。她的儿子战前去日本留学，娶了一位善良
的日本女子。战争期间，他被迫参加日本皇军，经过一些奇诡的命
运转折，这位反战青年在中国战场上被游击队当作汉奸处死。高安
玲在战后出席东京审判，与日本儿媳和孙子相见却不敢相认。她怕
人家发现她有个儿子在日本待过，还娶了一位日本太太，生了一个

混血小孩，而且帮日本人打中国人，她怕人家说她是汉奸。

开头和结尾两道光都有了，它们往中间夹射出来的是什么呢？大部分人写南京大屠杀就止步于屠杀的过程，但是哈金非常有勇气，选择了一个很少有人触及的话题。他几乎花一半篇幅讲述南京大屠杀之后，南京城被日本人统治的光景。比如为什么那么多人愿意当汉奸？有时候汉奸做的一些事是在保全中国人的性命，保全中国姑娘的清白。又比如，为什么日本士兵在屠杀中国人的时候如狼似虎，丧失人性，但局势平静下来之后却像疲惫的小孩。还有明妮·魏特林这位美国英雄救了那么多中国人，后来却有人用我们现在熟悉的"阴谋论"去批判她，说她让日本士兵进学校抓走的"妓女"其实是良家妇女，最后推论出她跟日本人勾结在一起。在这些人眼里，所有留在南京城里的外国人都不是好东西。这些传言产生的后果是，明妮·魏特林患上严重的抑郁症，回国后自杀了。

尽管这本小说有这么多光芒，却远远够不上动人，为什么呢？因为哈金向来喜欢非常简洁的书写，这部重写四十多遍的小说读起来感觉像是新闻报道。对于高安玲这个人物，我觉得哈金对她内心的挖掘还不够，缺乏立体感。当然，书写南京大屠杀这种题材，我们也不能让它变成惨剧的廉价贩卖，变成轻易让人流泪的作品。因为流泪是一种救赎，而南京大屠杀还没有得到救赎。这样我们就能理解，为什么哈金会把英文书名定为 *Nanking Requiem*。安魂曲似乎有安息亡灵的意思，好像是一种节制的哀伤，是一种几乎要流泪却又平静包裹起来的情绪。

（主讲　梁文道）

寂寞者的观察

战后责任论

回应历史幽魂

On Postwar
Responsibility

战后责任论

［日］高桥哲哉　著　徐曼　译

　　高桥哲哉（1956—　），生于日本福岛县，东京大学教授。从哲学、政治学、伦理学等角度讨论战争记忆问题，著有《靖国问题》《记忆的伦理学》《国家与牺牲》等。

你没有正视它，抚平它的伤口，它就会变成一个幽魂，一再回来呼唤你。

日本名古屋市长河村隆之公然对南京官方代表团否认南京大屠杀的存在[1]。另一方面，日本人却非常不理解，为什么每次提起广岛原子弹的受害者，美国人就抛出珍珠港事件指认日本是杀人凶手。

1995 年，美国华盛顿史密森博物馆举办了一个关于原子弹爆炸的展览，强调日本受害者的角色，结果遭到很多退伍军人的反对，导致停办。广岛市民听到这个消息很受冲击，不理解为什么会这样。当时的广岛市长分析说，这是因为日本没有正面认识战争责任问题，日本人必须正视历史，对日本军队的殖民统治和残暴罪行进行反省和谢罪。

可惜，并非每个日本国民或政界人物都有广岛市长这般见识。从 20 世纪 90 年代开始，日本出现了很多修正主义史学观，孕育出无数像名古屋市长这样否认南京大屠杀、否认日本战争责

---

[1] 2012 年 2 月 20 日，河村隆之与到访的中共南京市委常委刘志伟等人举行会谈时表示，1937 年"南京事件"发生时，正常的战争行为是不可否认的，这也是比较遗憾的事情，但所谓的南京屠杀是不可能发生的。

任的人物。

高桥哲哉是东京大学的哲学教授，他的《战后责任论》非常值得中国人读一读。关于日本的战争责任问题，中国人隔一阵子就会很愤怒，可是对这个问题的思考似乎没有太多，反而是日本学者的研究比较有深度。高桥哲哉认为，我们要搞清楚战争责任和战后责任的区别。战争责任指的是当年日本发动战争，要对历史事实和战争失败负责。到目前为止，日本对那场战争承担的责任仅限于此，很多人都在反省为什么会打败仗，而不忏悔要对受害者负什么责任。

什么叫战后责任呢？高桥哲哉引用了《哈姆雷特》里一句台词，"The time is out of joint"（时间脱臼）。意思是说，早该过去的东西又回来了。比如南京大屠杀、七三一细菌部队、慰安妇等，像挥之不去的阴影，不断回来提醒日本人。很多日本人觉得，战争结束那么多年，还要我们道歉多少回呀？为什么今天还要讲几十年前发生的战争呢？

高桥哲哉从语言学角度分析"责任"（responsibility）这个概念，他认为"责任"本身就负有回应别人呼声的义务。比如有人跟你说，我想请你吃饭，这时候你就处于应答责任之中。在这一点上，你是不自由的。当然，你可以选择不回应，但后果你要承担。同样的，战争结束后，受害者的亡魂会再三回来向责任者发出呼求。历史的亡魂还没有被充分哀悼，我们就不能轻易说所有的伤痛都应该过去，过去的事不要再提了。很多人面对重大历史悲剧时，总是说不要再提过去怎么杀人了，反正人总有一死，死了就让他死了吧。高桥哲哉认为这是不对的，如果你真这么想，就会经历一场精神错乱。你没有正视它，没有抚平它的伤口，它就会变成一个幽魂，一再回来呼唤你。

为什么日本人会有战后责任问题？很多日本人认为，20 世纪五六十年代，日本经济起飞，政治民主化，战争已经结束。但高桥哲哉不这么认为。他举例说，20 世纪 90 年代初，以金学顺为首的韩国慰安妇开始出来控诉[1]，向日本政府提出赔偿要求。为什么这时候才提出赔偿？因为战后半个世纪，冷战结构为日本提供了保护膜，使受害者不能直接控告日本的侵略战争和殖民罪行。当时韩国跟美国结盟，不愿让国民追究日本太多。中国出于冷战原因，想跟日本修好。这种国际背景加上日本人的刻意遗忘，致使战后责任被一笔带过，问题遗留到今天。

---

[1] 1990 年初春，一位日本人在美国洛杉矶一档电视节目中宣称，太平洋战争初期日本之所以会胜利，是因为有韩国慰安妇照顾着日本士兵。此言触怒韩国慰安妇幸存者。1991 年 8 月 14 日，韩国老人金学顺第一个勇敢站出来作证，12 月 6 日与其他受害者组成控诉团向东京地方法庭控告日本政府，要求予以每人 2000 万日元的赔偿。

　　高桥哲哉认为，如果有位慰安妇向国际呼求，诉说当年的遭遇，便将整个人类都置于应答的责任之中，何况是日本？所有人都应该回应她的痛苦，不能假装听不见，而日本人的回应尤为重要。至于怎么回应，那是在考验日本人的良心了。

　　高桥哲哉并不接受简单的民族主义的说法，他认为身上只要流着日本人的血，就应该承担日本人犯下的历史错误。他是从法律与政治角度来审视这个问题的，认为日本人指的就是日本国民。当战争受害者要求日本政府履行国家赔偿、处罚罪犯的法律责任时，日本人不能说自己跟政府没有关系，责任在政府，与己无关。作为国家的政治主权者之一，日本人享受着日本公民的某种权益，去国外旅行时受到日本护照的保护，也理所当然应承担起战后责任的履行问题。高桥哲哉说，从那些外国寡妇和孤儿的目光中，日本人应该意识到自己的可耻，发现自己非但不无辜，还是掠夺者、杀人者，应该感到羞愧。

　　我们常常听到一种论调，说中国人不应针对一般的日本人，因为大部分日本人跟当年参战的那些人没有关系，当年的罪责主要应该由那些疯狂的军国主义者承担，大部分日本人还是很友好的。接下来的结论是，为了中日两国的友谊，我们应该放下歧见，共谋和平与发展。老实说，我非常讨厌这种论调，因为它忽略了日本人的战后责任。我非常同意不要仇恨日本人，我甚至相当喜欢日本人，也有不少日本朋友。但这并不是说现在的日本国民可以不用对过去的战争负责。我们中国人身为受害者，不能再像过去那样，出于廉价的、功利的甚至政治的理由，推却追究日本战后责任的责任。

（主讲　梁文道）

最寒冷的冬天

美国人眼中的朝鲜战争

大卫·哈伯斯塔姆（David Halberstam，1934—2007），美国著名记者、作家，任职于《纽约时报》，曾获普利策奖。著有《陷入困境》《罗伯特·肯尼迪未完成的远征》《胡志明——北越的领袖》等。

朝鲜战争包含了太多的政治判断失误，给中美两国带来的后果迥异。

好莱坞战争片最喜欢的题材是二战、越战和反恐战争，朝鲜战争似乎故意被忽略掉了，消失在美国人的集体记忆中。很多参加过朝鲜战争的美国老兵，觉得自己的地位还不如越战老兵。

大卫·哈伯斯塔姆是美国记者，在几十年记者生涯中写了很多几乎改变历史的报道。同时，他也是一位多产作家，最著名的作品当属越战系列。2007年，他在一场车祸中意外身亡，此前正好写完《最寒冷的冬天：美国人眼中的朝鲜战争》。这本书的出版使美国公众重新对朝鲜战争产生了兴趣。

朝鲜战争为什么会发生？大卫·哈伯斯塔姆认为，当时金日成决定跨过"三八线"往南入侵，主要是因为背后有两个人给他开了绿灯：一是斯大林，二是毛泽东。为什么会开绿灯呢？主要源于判断失误。1950年1月12日，美国国务卿艾奇逊[1]在华盛顿国家新闻俱乐部发表了一篇演说，似乎暗示朝鲜已不在美国的亚洲防御范围之内。斯大林和毛泽东将这个信号解读为：如果朝

---

[1]　迪安·艾奇逊（Dean Gooderham Acheson，1893—1971），美国政治家、律师，1949年至1953年任美国国务卿，参与制定杜鲁门主义、马歇尔计划和建立北大西洋公约组织。回忆录《参与创造世界》获普利策奖。

鲜境内发生冲突，美国不会轻易介入。

当年金日成看到中国内战打得有声有色，觉得自己也该回老家大显身手。他三番五次去莫斯科游说，苏联要求他去跟毛泽东面谈。金日成再三保证，单凭他那支训练有素的军队就能压垮韩国微不足道的腐败军队。就军力方面，事实的确如此。可他太自信了，以为自己跟毛泽东一样，只要挥军南下，韩国民众统统会揭竿响应他，这又是一个判断失误。

对于美国等西方国家来说，金日成跨过"三八线"不叫内战，而是对他国的侵略行径，也因此让人联想到当年没有阻止希特勒的侵略行为，最终导致二战爆发。但在中国、苏联、朝鲜眼中，这个观点简直匪夷所思。他们认为1945年美国授意作为南北分界线的那条"三八线"根本不是边境线，朝鲜1950年6月25日的所作所为与中国内战如出一辙。

美国对于中国会不会派兵援助朝鲜也判断有误，低估了毛泽东参战的决心。当时很多信息说明中国会参战，因为中国不可能容许美国把整个朝鲜半岛纳入其势力范围，并且刚刚成立的新政权亟待一场战争来表达自己对政治信仰与意识形态的坚定决心。周恩来曾通过印度驻华大使向西方发出消息，但前方指挥官麦克阿瑟[1]和白

---

[1] 道格拉斯·麦克阿瑟（Douglas MacArthur，1880—1964），美国陆军五星上将。参加了两次世界大战，1950年7月出任朝鲜战争"联合国军"总司令，1951年4月被杜鲁门总统解职。

宫官员故意忽略这些消息，以致美国决策失误，最后付出沉重代价。类似情况在美国历史上不断重演，美国在伊拉克和阿富汗打的两场战争都是如此。

还有一个问题表面上与朝鲜战争离得很远，实际上对这场战争的走向和决策起了重要作用，那就是台湾问题。大卫·哈伯斯塔姆提到，当年美国有一个著名的政治讨论："美国到底如何失去了中国？"这个问题感觉很奇怪，好像中国原来属于美国人似的，其实他们是在说中美两国之间的友谊。过去美国人对中国特别友好，派出无数传教士到中国传教，办学校、医院、孤儿院、养老院。中美两国更是二战中的亲密盟友，只要中国愿意，美国会希望中国变得富强，成为跟美国一样美好的国家，大家都信奉基督教。后来美国人发现，中国完全不可能变得跟美国一模一样。

中国内战结束后，美国并未与蒋介石划清界限；相反，出现了一股新的政治势力——院外援华集团。这里的"院"指的是国会参众两院。这个组织结构松散，成员目的各不相同，但他们都有权有钱，且与蒋氏家族成员保持着密切联系。最有名的是《时代》杂志的创办人卢斯[1]，他是蒋介石的坚定支持者。在这个强

---

[1]　亨利·卢斯（Henry Robinson Luce，1898—1967），美国出版商，创办《时代周刊》《财富》《生活》三大杂志。父亲亨利·温特斯·路思义（Henry Winters Luce，1868—1941）是美国在华传教士，1919年任燕京大学副校长。卢斯出生于山东蓬莱，幼年在烟台读书，1920年毕业于耶鲁大学，后进入新闻出版界。

有力的游说集团影响下，美国政界总有股仇共亲蒋的势力。蒋介石是希望看到中美两国在朝鲜半岛打一场混战的，一来有助于保卫台湾，二来可以浑水摸鱼实施"反攻大陆"计划。

在朝鲜战争前线支持蒋介石的人，就是麦克阿瑟。他是这本书里一个非常关键的角色。台湾的历史教育跟大陆完全不同。台湾民众觉得麦克阿瑟是一个悲剧英雄，当年那场战争美国胜券在握，只要他肯再下一点决心让美军压过鸭绿江，说不定台湾就能反攻大陆了。但是美国国内政治斗争把他叫了回去，导致他功败垂成。

毋庸置疑，麦克阿瑟是个军事天才。他是美国西点军校成绩最好的毕业生，西点军校有史以来最年轻的校长，美国有史以来最年轻的陆军参谋长。他一战中战绩辉煌，二战被重召入伍。他看不起上级给他的命令，喜欢身边的人都奉承他。他还是个非常自大的表演狂，任何时刻都要保持光辉伟大的将军形象。

仁川登陆是个胆大妄为的行动，因为仁川完全不适合登陆作战，但麦克阿瑟敢于冒险，解救了数以千计的美国士兵。可是除了那一仗打得漂亮之外，他在这本书里的形象非常负面，出现一连串决策失误。战争前期美军节节败退之际，他居然一直留在东京指挥部远程指挥作战。他抗拒华盛顿的命令，漠视朝鲜半岛的现况，还任人唯亲，发出不少错误指令。比如美军压过"三八线"

李奇微画像

后一路北上，他忽略了朝鲜半岛多山的狭窄地形，导致部队之间联系松散，最终落入彭德怀设下的伏击圈套。

这本书把彭德怀描写成足智多谋、非常冷静、非常朴素的将军，唯一可与之媲美的是李奇微[1]。两个人都是铁汉，都能冷静地判断局势。可惜的是，他们背后都有更高的领袖从政治利益角度来思考这场战争。很多史学家想不通，为什么隔着大洋都能在二战取胜的美国军队偏偏在朝鲜半岛输给中国人民志愿军？中国人民志愿军在武器装备等方面无法与美军相比，为什么美军占不了上风呢？

除了指出麦克阿瑟指挥不当、不能准确掌握局势之外，大

---

[1] 李奇微（Matthew Bunker Ridgway，1895—1993），美国陆军四星上将。1951 年 4 月接替麦克阿瑟任朝鲜战争"联合国军"总司令。著有《朝鲜战争——李奇微回忆录》。

卫·哈伯斯塔姆还提到他的另一个罪状。麦克阿瑟在二战后支持大量裁军，造成朝鲜战争中美军的后勤补给不够，武器弹药的生产线跟不上前线需要。而且，军队几乎全是生嫩的新兵，很少有二战老兵。这些新兵在军校里学到的是如何戴安全套，如何在雪地上开车不打滑，却唯独没有学好怎么射击。另外他们也严重低估了中国人民志愿军的战斗力，遇到彭德怀布下的天罗地网时，才发现中国军人太可怕了——居然能摸黑走十几里路，白天几个师躲在山上让你看不出来，然后突然出现，人海战术一浪接一浪地袭击你。美国有压倒性的火力，但使用不当，加上士兵胆怯，不断后退，终于造成溃败。

改变这种局面的是李奇微将军。他上场指挥后形势变了，中国军队开始陷入困境。当美军一直沿着狭长半岛撤退时，中国军队面临越来越多的棘手问题，最致命的是不断拉长的补给线。在这个只有最原始公路和铁路的国家，运送物资绝非易事。美军向南撤退时，用卡车和火车作为交通工具，而且不用担心空袭，还可通过空军或海军输送急需的弹药和食品。相形之下，人数占优势的中国军队拥有的机动车辆太少，有限的车辆也很容易成为美军轰炸的目标。

此时毛泽东可能像麦克阿瑟那样不从实际出发，而从想象出发来看待战局。事实上,初期在朝鲜北方取得的胜利蒙蔽了毛泽东的判断力,即使战区指挥官早就意识到胜利很难重现。彭德怀的观点一直比较保守,认为有很多迹象表明中国军队将在往后的战斗中遇到更大的困难。仅仅是这支大部队的吃饭问题就让人头疼,他们大部分时间靠美国人剩下的食物充饥,士兵处于半饥饿状态。如果继续南下,口粮和军火补给将更加困难。

这本书里还提到一些阵地争夺战。当时看来很重要的阵地,事后再看真的那么有战略价值吗?如果没有,为什么双方抢得那么厉害呢?理由只有一个:对方要抢它,我们不能让他抢;对方占据了它,我们得把它抢回来。双方为此牺牲了大量生命,到底值不值得呢?

朝鲜战争包含了太多的政治判断失误,给中美两国带来的后果迥异。大卫·哈伯斯塔姆认为,对中国而言,抗美援朝增强了中国共产党的执政权威,增加了毛泽东的个人威信。一个新建立的国家政权居然打败了世界第一军事强国!对美国来说,朝鲜战争被遗忘使之无法从中吸取教训,从而埋下隐患。越战、伊战等战事就是证明。

(主讲　梁文道)

寻找家园

漂泊者之眼

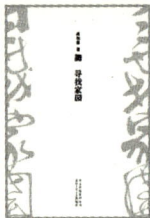

高尔泰（1935— ），美学家、画家、作家。江苏高淳人，现居美国拉斯韦加斯。1957年因发表论文《美学》被划为"右派"，到酒泉夹边沟农场改造。1962年入敦煌文物研究所工作，1989年入狱，1993年赴美。著有《论美》《美是自由的象征》《美的觉醒》等。

　　宽容、妥协是强者的特权。弱者如我辈，一无所有，不是可以学得来的。

　　20世纪80年代，中国出过许多英雄人物，但今天仍被记住的很少。如今资讯太多，时间太赶，历史的记忆不断被冲刷，在冲刷过程中不断流失。其实当时很多重要的学术讨论，今天仍有回顾的必要，可惜有兴趣的人不多了。

　　当年掀起过一股美学热，其中一个重要人物是高尔泰先生。他是美学家，也是艺术家，20世纪90年代初寄居美国。这几年，他跟中国最密切的联系是出版了回忆录《寻找家园》。书中牵涉到一些现实人物的故事，曾引起轰动。抛开争论不谈，以书论书，这是一本很坦诚的书。身为画家，他的文笔竟如此了得，写景写人栩栩如生，别具画家之眼。

　　新中国成立初期，高尔泰在苏州一所艺校学画。当时社会环境比较开放，自由散漫惯了的他渐渐感到身边有些人不太对劲。比如一个女同学叫唐素琴，对他表达过爱慕之情，但他实在没办法接受。因为，她是个"正确得可怕"的人。唐素琴最感兴趣的是数学，从小学到中学，数学成绩一直是班上第一。她本想工作两年后考清华理工科，但组织根据需要安排她学美术，她就高高兴兴地来了。她说，祖国的需要就是前途。

1955年"肃反"运动时，一些本来很要好的同学突然跟高尔泰翻脸。在一次会议上，他的信件被同学拿来质问。他嘟囔着说，脑子里想什么是他自己的事，别人管不着。这时唐素琴发言了："我们每个人，都是属于国家的，不是属于自己的，因此每个人都有义务接受监督，也有权利监督别人。问你想什么，就是问你立场站在哪一边，站在革命的一边还是站在反革命的一边，这是头等大事，怎么能说管不着？大家这是挽救你，你要放明白些。"很奇怪，当时的会议气氛很恶劣，但会后同学们又跟没事人一样，恢复了昔日的友好。

1957年，唐素琴当上模范教师，常常说些"小我只有在大我中丰富""爱生活才能创造生活"之类的话，依旧正确得可怕。但是这么正确的人，因为家人有国民党背景，到了"反右"的时候也不行了。那段时间，传闻她差点自杀。她跟高尔泰恢复联系后，高尔泰发现她整个人走了样，过去长得挺好看，现在被岁月和斗争磨蚀得非常糟糕。

二十多年后，总算太平日子来了。高尔泰到四川师范大学教书，带着妻女去唐素琴家做客。三室一厅的公寓住宅，收拾得舒适整齐，一尘不染。她当上了政协委员，银发耀眼，目光清澈，过去那种龌龊境况全然不见。她的儿子是个体户，搞时装设计，财源滚滚。席间说到社会上的种种现象，母子俩争论起来，她说："这么大的国家，这么多的人口，文化素质又这么差，一民主就乱，乱起来不得了。要是你当了领导，你怎么办？"她依旧正确得可怕。

高尔泰最悲惨的一段生活是在酒泉夹边沟农场度过的。被划为"右派"分子后，他在那个劳教农场待过一年。他说，进来以前，没人知道劳教农场是什么样子。来自五湖四海的人带来了许多事后看起来非常可笑的东西：二胡、手风琴、小提琴、象棋、溜冰鞋、哑铃、拉力器……有些东西如照相机、望远镜、书籍、画册等，进门时就被没收了。没被没收的东西，对于持有者来说，生前是个累赘，死后成为后死者们生火取暖的材料。

夹边沟是个盐碱地，什么作物都种不好，大家一天到晚饿得要死，都很憔悴、褴褛和衰老。不管你是老中青，不管你什么背景，过了一段日子，大家的样子都很像。有一个叫龙庆忠的人，永远穿着一件蓝皮袄。他把衣服照顾得很好，蓝皮袄始终保持着初来时的光鲜，于是老被批评说影响劳动，但他坚持不改。他是独子，自幼丧父，母亲千辛万苦把他养大，却因农村户口而不能陪他住在城里。"反右"运动中单位"右派"名额凑不够，硬把他划成"右派"。蓝皮袄是母亲在他出门前做的，他天天穿着，弄得干干净净，这样才对得住母亲。

高尔泰深受感动。后来，他有一段时间没能跟龙庆忠见面，但劳动时远远看见过那件蓝皮袄。有一天晚上，他到医务室换纱布，黑暗中穿过球场，看见"蓝皮袄"在前面走，便马上追过去。他一看，竟是另一个人。那人告诉他，龙庆忠已经死了，后来穿这件衣服的人也都死了，衣服传到他手里时已几易其主。

高尔泰离开夹边沟后，到他向往的敦煌文物研究所工作。刚到那里，他就发现一个奇怪的现象。一天，一位所里资格很老的画家在资料室门口看见他，非常热情地打招呼，然后急速忙乱地掏钥匙开门。老画家跟他说，因为××原因迟到了，还伸出手表让他看时间。从无时间观念的他没细听也不想看，只是傻乎乎笑着示好。但是老画家固执地要他看表："你看，不到五分钟，是吧！"他连说"是是是"，不明白是怎么回事。

又有一次，他在路上遇到一位女同事。她一手抱着一摞书，一手拖着一根枯树枝。寒暄之后，她说这根树枝已经枯了，是风吹下来的，她是顺便拾的。其实，这不用说，一看就知道。他不明白她为什么要解释。后来他才发现，在当时的政治氛围下，研究所的人都彼此监视，上班迟到或者走路手里拿根树枝，都可能让人觉得不对劲。

说到敦煌文物研究所，不能不提常书鸿[1]先生。他为敦煌的

---

[1] 常书鸿（1904—1994），画家，敦煌艺术研究专家。1943年任敦煌研究所所长。

保护与研究下了大力气，做了很多实在事，也帮了不少人。可
是他挨批斗时，打他最凶的不是那些挨过整的人，而是他一手培
养、提拔起来的人。高尔泰回忆道："以往出国办展览，先生都
要把一个姓孙的带在身边，后来又送他到北京中央美院雕塑研究
班深造。每次斗争会，此人都要哭着问他，用这些小恩小惠拉拢
腐蚀青年是什么目的。答不上来就打。他个儿高，出手无情，有
次一挥手，先生就口角流血，再一挥手，先生的一只眼睛当场就
肿了起来。肿包冉冉长大，直至像一个紫黑色的小圆茄子。革命
群众惊呆了，一时间鸦雀无声。"

　　"反右"运动中，有一张大字报无中生有，说高尔泰半夜说
梦话，大喊"杀杀杀"。当时他在一所中学教书，写大字报的人
是一位地理老师，平常沉默寡言，和他无冤无仇。多年后，他故
地重游，人事景物全非，唯一的旧相识，就是造谣批斗他的地理
老师。"他已很衰老，白发稀疏，腿脚也不大灵便。见到我他非
常高兴，紧紧地握着我的手久久不放，坚持要我到三楼他的宿舍
里喝一盅。显然，又见友人，他有一份深深的感动。二十一年过
去，兰州市容变化很大。但皋兰山和黄河都还是老样子，从楼
窗外望出去，沉沉晚烟凝紫，风景略似当年。老人说起往事，神
色有些黯然。那年老婆子饿死后，儿子去'引洮上山'，也死了。
退休下来没处去，只好赖在学校，连个说话的人都没有。我不知

道怎么安慰他，只能默默地对饮。"

　　1958 年，高尔泰的父亲在毒日头下背着灼热、沉重的砖头赶路，从跳板上跌下来死了，时年五十八岁。父亲背上的衣服焦黄，粘连着皮肤上破了的水泡，撕不下来。母亲和二姐收尸时当众大哭，被指控为"具有示威的性质"，现场批斗，成了"阶级斗争的活教材"。多年后，他回高淳看望姐姐。在那个安置拆迁户的公寓楼里，姐姐指着邻家堆满破烂杂物的阳台上一个晒太阳的老人说，那是 1958 年监管"阶级敌人"的民兵队长、直接虐杀他们父亲的凶手。那个老人"可能睡着了，歪在椅背上一动不动。看不清帽檐子底下阴影中的脸，只看见胸前补丁累累的棉大衣上亮晶晶的涎水，和垂在椅子扶手外面的枯瘦如柴的手。但是仅仅这些，已足以使我对这个人几十年的仇恨，一下子失去支点——同时，我也就更远地飘离了那片浸透了血与泪的厚土"。

　　这是否表示高尔泰能够原谅过去，开始宽容了？他说："有人说我出国前后，文风判若两人，从激烈到平淡，表明叛逆者经由漂泊，学会了宽容与妥协。这是误解。宽容、妥协是强者的特权，弱者如我辈，一无所有，不是可以学得来的。是在无穷的漂泊中所体验到的无穷尽的无力感、疏离感，或者说异乡人感（也都和混沌无序有关），让我涤除了许多历史的亢奋，学会了比较冷静地观看和书写。"

隔远之后，冷静会带给你不同的视角，让你想起自己曾经做过什么、你在其他生命眼中是什么样子。高尔泰说，当年他们在荒漠上追赶一只被捕猎夹夹断了右腿的羊。羊逃跑时，毛血模糊的后腿、臀部和下腹部在沙石上拖着摩擦，那条断了的腿在地上拖得稀烂，但羊没有停下来。"这个既没有尖牙，也没有利爪，对任何其他动物都毫无恶意、毫无危害的动物，唯一的自卫能力就是逃跑。但现在它跑不掉了。爬到一个石级跟前，上不去，停了下来。突然前肢弯曲，跪地跌倒，怎么也起不来了。"羊抬头望着他，他也看着它，觉得它的眼睛里闪抖着一种他能理解的光，刹那间似曾相识。

当年在敦煌，高尔泰写了一些东西："写人的价值，写人的异化和复归，写美的追求与人的解放，写美是自由的象征。自知是在玩火，但也顾不得了。除了玩火，我找不到同外间世界、同自己的时代、同人类历史的联系。"透过书写，他才能肯定自己存在的价值和意义。在那个风声鹤唳的年代，他写作时非常紧张，总要把房门闩住，门外一有声音就会吃一惊，猛回头，一阵心跳。那些文章在"文革"中全部失去，且大都成了他的罪证。他说："但我无悔，因为写作它们，我已经生活过了。"

（主讲　梁文道）

寻路中国：从乡村到工厂的自驾之旅

中国变革镜像

何伟（Peter Hessler，1969— ），美国作家，曾任《纽约客》驻京记者，多次获美国最佳旅游写作奖。1994年首次到中国旅行，前后在华旅居十余年。著有中国纪实三部曲：《江城》《甲骨文》《寻路中国》。

信仰在个人层面一派萧条，宗教组织相当弱势，而警察和官员也同样罕见，只在有机会捞一把的时候适当出现。

很多书名噪一时，书评都说好看，也非常畅销，但你看完会觉得盛名之下其实难副。美国作家何伟的这本《寻路中国：从乡村到工厂的自驾之旅》，却会让你觉得好像很多赞誉还不足以说出其独特之处和真正价值。比起之前的《江城》《甲骨文》，这本书达到了一个新的高度。我觉得这是一本现代中国作家写不出来的书，并不单单因为作者是美国人，采用外国人视角看中国——当然这个元素很重要，更重要的是如果像何伟一样深入地在中国民间待上一段时间再去描写，大部分中国人会有包袱。

《寻路中国：从乡村到工厂的自驾之旅》没有很鲜明的主题，由三篇长文构成：第一篇是何伟沿着长城在华北、西北一带开车漫游的经历；第二篇是他在北京近郊怀柔渤海镇三岔村居住了几年，跟村民打成一片的经历；第三篇是他跑到浙江丽水市，记录了那个地方从山地变成新兴工业市镇的变化过程。书中涉及的主题，如中国的农村状况、荒凉的西北地区、工业城镇发展等，很多中国作家、记者、学者也会去研究，不同之处在于我们会有包袱。我们在中国生长，熟悉这里的文化、背景、历史、生活习惯和社会运作原理，已经有了很多自己的判断。我们总希望用看到的东西来佐证早就有的判断，写作时总有得出某种判断的倾向和冲动。

何伟不一样，他是外国人，描写所看、所感时，不那么急躁地下判断。他不是没有判断，只不过对他来说，判断不是最重要的。他跟我们的不同之处在于，他不那么关心中国应该怎么样、中国的问题出在哪里、中国该往何处去。他不像中国知识分子那样忧国忧民，因为这不是他的国，也不是他的民。这不是说他对中国没有感情，恰恰相反，他对中国非常有感情，是"中国人民的好朋友"——这句话有时候像笑话，可是你真的看完此书，会得出这个结论。他能够尊重笔下那些中国人，跟他们生活在一起，跟他们交朋友，对他们有一种同情。

何伟谈到中国一些很严重的问题，比如医疗问题。住在三岔村时，有个他看着长大的小孩得了一场病，他非常担心，带着孩子去北京不同医院看病。他的外国人身份，有时让他得到医院比较殷勤的照顾，有时则相反，因为医生觉得这个外国人是不是想来挑战他们的专业知识。在求医的过程中，他看到作为公共服务机构的医院对乡下人的野蛮无理，对生命状况的不闻不问，还有粗暴、官僚等问题，这让他很愤怒。但他对中国朋友的感情大于对这种体制的愤怒。

在谈及一些我们看来牵涉制度问题的话题时，何伟并不太在意问题有多坏。比如他看到一些工人应聘时不断抱怨制作人造皮革的化学物质有毒，想争取更高的工资，却遭到人力资源经理毫不留情的反驳，说如果你不想在毒烟中工作，去当老师好了。这位经理吐出来的每一个字几乎都会得罪人，但工人们还是以自己的方式做出回应。这种应聘方式跟美国完全不同，中国工人绝对不会谈什么"成为团队的一分子""成长的机会""有高度积极性和创意的人才"，而是想到什么就说什么。人力资源经理的评价则尖锐得近乎残忍，"人力资源"更接近其字面意思，工人只是"资源"而已。对于中国人面对种种限制和困难仍努力迎上去的勇气和毅力，何伟表示尊敬。他以一种比我们更包容的态度来看待我们的同胞。

其实，何伟笔下能够大做文章去批判中国怪现状的地方非常多。比如他参观所谓的成吉思汗陵墓——那个墓当然是假的，成吉思汗哪有什么墓留下来。在那里，他遇到一个女导游，两人聊到了希特勒。他问，你觉得希特勒是好人还是坏人？女孩说，我认为这无关紧要，重要的是他在历史上留名。这个女孩所表达的感觉和情绪，我们一点都不陌生。对此，我们忍不住要发一番议论去批判和剖析，但何伟只是很平静地写出来而已。

何伟还写到一个调配染料颜色的工人小龙。小龙和许多城镇工人一样，是励志文学的主要消费者。他最喜欢的一本书叫《方与圆》，是一本阐明在现代社会如何处世的畅销书。书名来自"内方外圆"的古语，作者将其运用到城市激烈的生存竞争中，教大家如何通过说谎得到好处，如何操纵同事，如何声泪俱下又不过火地在上级面前哭诉，如何做一名后共和主义时代的马基雅维利 [1]。看这些东西我们会觉得很灰暗，会批评中国人的信仰问题和价值虚无问题，但何伟没有。他唯一有点价值评判的话是说，《方与圆》这本书"得出了一些令人不安的结论"。

何伟发现，中国人在回应快速变化的社会时选择并不多。像丽水一家工厂里的陶氏姐妹，我们可以用最经典的异化理论来谈论她们的工作状况，那就是把自己完全掏空，只是手部在工作，大脑一片空白。这就是中国"世界工厂"背后的真相。对此，何伟并没有批评太多，只是描述这些中国人并没有太多选择，好像只能顺从而已。他说："我在中国住得越久，就越担心人们对快速转变的反应。这不是现代化的问题，至少并不全然是。我从来都不反对进步，我明白为什么人们急于逃离贫困，并且我对他们愿意努力和改变怀有深深的敬意。"

---

[1] 尼可罗·马基雅维利（1469—1527），意大利政治哲学家、历史学家、作家。代表作《君主论》充满权术政治、残暴、狡诈、伪善、谎言、背信弃义等，强调"为达目的，不择手段"的思想，被后人称为"马基雅维利主义"。

在描写时下中国的种种古怪现象时，何伟说："进步来得这么快是有代价的，有时问题很微妙，不可捉摸。在西方，关于中国的新闻故事喜欢刻画戏剧性和政治性的一面，他们强调不稳定的风险，尤其是经常发生在农村的地方性抗议。但从我观察到的来看，这个国家最大的骚动不在于它的内政，而在于个人。许多人在寻求着什么。他们渴求某种信仰上或哲学上的真相，他们希望和别人建立有意义的联系，他们无法将以往的经验用于现在遇到的挑战。父母和孩子身处于不同的世界，婚姻生活复杂异常，我极少见到相处快乐的中国夫妇。在一个改变如此之快的国家，人们几乎不可能保持自己的方向。"

很多人谈到这本书时，喜欢说，何伟让我们看到一个大部分中国人看不到的中国。其实，何伟描写的中国对我们大部分人来说不太陌生。如果我们平常看不到，不是因为真的看不到，而是因为经历过了，没把它当一回事，没纳入意识范围加以认真对待。它是我们生活的背景，但在何伟的书里，它成了主角。比如他写到某些基层公务员收取勒索时，"你看到他的平头就害怕，因为那个头型好像在告诉你这是个恶霸"。他还写到农村生活中的一些无聊消遣，比如三岔村一个农民家的墙上有幅中国地图，很多城市都被标上手写的号码，而那是《新闻联播》之后城市天气预报的播报顺序。

我觉得很有意思的是，何伟一直提到在首汽租赁公司租车旅游的经历。他喜欢这家国有企业，那种很老式的国企做事方法和派头让他觉得舒服自在。比如何伟问这家公司办事处一位负责人王先生，为什么他每次还车时要求油箱四分之一满或半满，甚至八分之三满，而不要求全满呢？他说，你们应该租车之前加满油，然后要求顾客还车时油箱也是满的，美国汽车租赁公司就是这样做的，比你们简单得多。王先生说，在这里行不通，中国人还车时油箱总是空的。他说，那你们就收一笔加油费，把它变成一种规范，让不守规矩的人多交钱。王先生说，中国人不会这样做的，你不了解中国人。最后，何伟很幽默地感慨道，把油箱加满显然超越了中国文化上的可能性范畴。

今天的中国，让何伟想到镀金时代[1]的美国。中国改变的步伐，和当年的美国很相似。当19世纪第一拨城市开发商西进时，美国也非常野蛮和荒凉，欧洲人惊讶地发现新市镇一夜之间拔地而起。何伟说："但是，我在丽水待得越久，看到越来越多的工厂开始运营，我就越能发现其中的相反。这并不仅仅是时代、文化的不同，创造新城市的基本动机也全然不同。"很多美国城市

---

[1] 1873年，马克·吐温出版长篇小说《镀金时代》，揭露西部投机家、东部企业家、政府官吏一起掠夺国家和人民财富的黑幕，揭示"黄金时代"所掩盖的丑陋社会现实。后来，人们用"镀金时代"一词形容美国自南北战争结束至20世纪初经济飞速发展的历史。

初建时，第一拨居民通常包括律师、商人和银行家。在人们还住帐篷的时候，当地通常已有报纸出版。首先出现的永久性建筑通常是市政大楼和教堂，日子不好过，但至少有社区和法律。在中国的新兴城市里，没有独立工会，没有私人报纸，没有社会组织，这些东西都被禁止，信仰在个人层面一派萧条，宗教组织相当弱势，而警察和官员也同样罕见，只在有机会捞一把的时候适当出现。

（主讲　梁文道）

走出中世纪二集

君学岂是国学

朱维铮（1936—2012），江苏无锡人。1960年复旦大学历史系毕业后留校任教，主要研究中国经学史、中国思想文化史、中国史学史等。著有《走出中世纪》《求索真文明：晚清学术史论》《重读近代史》等。

两千多年的中国历史，有的只是君王之学，不是真正的国学。

朱维铮先生去世了。我从未见过他，但向来佩服他的学问和为人。一般人觉得，他是个言辞犀利、不假颜色的人。朱先生做学问非常扎实。尤为难得的是，他没出过很大部头的专著。我们知道，今天如果你希望别人尊敬你，在教育系统步步高升，最后被人称为"大师"，没有几部能把人砸死的专著不行。

朱先生过去二三十年编校了很多书。许多丛书如果少了他的圈点，简直不能卒读。比如由钱锺书先生挂名而实则是朱先生主编的"中国近代学术名著丛书"，里面有古奥生僻如章太炎《訄书》者，如果没有朱先生做注解和导读，一般人真是难以读懂。我觉得像朱先生这样做一些涓涓细流的工作，才是学术界最需要的基本功。现在很多人跳过这样的功夫，直接跑去碰大东西，结果因为基础不扎实，做出来的东西像沙堆的城堡，一碰即倒。

除此之外，朱先生也辑有几部文集。一般认为，朱先生是经学大师，甚至是"最后的经学家"。其实，朱先生不太赞成这种说法，不认为自己是在研究经学。虽然他做过很多经学方面的演讲，写过不少文章，但他认为自己研究的是经学史，而非经学。

朱先生对"大师"一词有些敏感。《辞海》对"大师"有一条释义：指有巨大成就而为人所宗仰的学者或艺术家。朱先生追溯史料，抄录一段《史记》如下："伏生者，济南人也，故为秦博士……秦时焚书，伏生壁藏之。其后兵大起，流亡。汉定，伏生求其书，亡数十篇，独得二十九篇，即以教于齐鲁之间。学者由是颇能言《尚书》，诸山东大师无不涉《尚书》以教矣。"从司马迁的陈述来看，"大师"绝非有巨大成就而被人敬仰的人物，不过是些能对《尚书》分章析句的经师。朱先生说"大"本是不确定的概念，地位、年龄、辈分、资格等在特定群体内居前者都可称"大"，与成就或威望没有必然联系。

朱先生对"国学"一词也有点感冒。他说，讨论国学首先要知道什么叫国学。"国学"一词并非古已有之，最初出现在清末刊行的《国粹学报》上。这份革命性杂志在 1905 年至 1911 年风行全国知识界，强调"研究国学，保存国粹"，支持章太炎的革命路线。也就是说，20 世纪初的国学热，是要否定专制独裁政权。从清朝一直回溯到秦朝，两千多年的中国历史，有的只是君王之学，不是真正的国学。真正的国学是讲革命的，要打破朝廷与政府不分、朝廷与国家不分的君权垄断。

朱先生在《也说"国学大师"之类》一文中提到钱穆先生，

没有随俗称之为"国学大师",只说是"史学大师"。这让一些人不舒服,觉得他对钱穆先生不敬。他说,这并非随意褒贬,中国走出中世纪的过程也是通儒消失的过程,今天还存在精通整个国故的国学大师吗?非常值得怀疑。至于此后在史学领域里扬威立万的人物,如顾颉刚、傅斯年、郭沫若、范文澜等,都可称为大师。而在各有特色的众多大师中,算上钱穆一席,已属对他的过誉。

朱先生最为读书人所知的,是他提出"走出中世纪"一说。所谓中世纪,朱先生并未详细界说它的范围,也未提供界说的理由。他认为,所谓封建时期,那是周朝的事,自六国被秦国吞并之后,皇帝专制建立起来,就再也没有封建,只有漫长的中世纪;从秦始皇统一六国到清朝灭亡都叫中世纪。我们大致可以理解为,他的"中世纪"说法是要反对官方史学的"封建时期"说法。

朱先生所谓"走出中世纪",指的是晚明到晚清这段时期。他认为,中世纪一些特殊的文化特色、政治特色,比如君主专制,在此时期发展到空前绝后的地步,由此也带来重重危机。当时很多人希望自上而下或自下而上推动改革,但终究改不了,最终走向结束。

朱先生关注的一个角度是,清朝好几位皇帝喜欢讲道德。比如清朝盛世三帝喜欢叫大家读朱熹理学，就是以理杀人那一套道德观。最早发现清朝要完蛋的人是清朝中叶大诗人龚自珍，他提出改革之必要："与其赠来者以劲改革，孰若自改革？"意思是与其让后来的人拼命把你这一套改掉，不如你自己先行改革。但他随即否定道，太晚了，清朝已入衰世，表面的治世不过是回光返照，整个社会自上而下全是平庸之辈，不仅当官的平庸，就连盗贼都很平庸，遇到有能力、有想法的人，遇到真正讲道德的人，只想把他们干掉。

为什么会这样？那个社会不是特讲道德吗？朱先生提到，乾隆跟他爹一样，绝对算不上有道德的君主，却偏偏喜欢提倡道德，表面是遵从朱熹，其实只是玩弄朱熹。"夫满洲未经读书，素知尊君亲上之大义。即孔门以诗书垂教，亦必先以事君事父为重。"这就是乾隆的全部道德观。换句话说，你好好孝顺，忠于皇帝，你就是有道德之人。按照这个标准，谁最有道德呢？大贪官、大权臣和珅。把奴才的道德作为衡量官员品德的尺度，你说它完不完蛋呢？专制统治不容许有其他主人，你不可以忠于其他美德，只要一发令，你便没有考虑道义和职责的余地，最盲目的服从乃是奴隶们仅存的美德。

朱先生的中世纪研究，最有趣的是王朝的贪污腐败问题。尤其到了清朝，贪污腐败越来越严重，皇帝怎么对付呢？康熙时期有个河道大臣叫张鹏翮，皇帝说他是一介不取的天下第一廉吏，后来证实是个大贪官，而且能力平庸，什么事都做不好。没想到康熙临死前还把他升为太子太傅。雍正元年，他又被提拔为大学士，死后还进了贤良祠。为什么呢？听话！即便后来发现他贪污，皇帝说过他是廉吏，又怎能推翻自己说过的话呢？

朱先生在《走出中世纪——从晚明到晚清的历史断想（续）》一文中提到，嘉庆当了三年皇帝，还是听太上皇乾隆的话。乾隆死后，他开始追查和珅的贪污案，但查到一半就停了下来。有个叫洪亮吉的官员看不过眼，他冒死谏言，要求继续打击和珅团伙，说那帮跟和珅一起贪污腐败的人还在朝廷里。结果皇帝竟龙颜大怒，把他关进天牢，最后免死戍边。

嘉庆不是笨蛋。他这么干，是因为他聪明。如果继续追查和珅余党，非但朝廷空荡荡，而且皇室亲贵无人幸免，包括皇帝本人在内。当年，他不就是因为接受和珅贿赂又对和珅专权纳贿视而不见，才被父皇认定为老实顺从的接班人吗？洪亮吉只知其一不知其二，结局当然很悲惨。

今天中国是否已经走出中世纪了呢？朱先生回答说，许多中世纪的残留仍然存在，需要时间改变。

（主讲　梁文道）

寂寞者的观察

中国文人常是强权的同谋

凌越（1972— ），安徽铜陵人，诗人、书评人，兼职媒体工作。著有《隐逸之地》《虚妄的传记》《尘世之歌》等诗集。

他们通常是出世的，因而也是安全的，并不露痕迹地成为强权的同谋。

坦白讲，我对今天中国文学评论的现状不十分满意。很多学者、评论家明明读过十分新锐的文学理论，但写出来的东西总是沿用某种老派的旧腔调，看不出新理论的影响和痕迹。有时候他们给人的感觉像是判官，以很高的权威姿态指点众生，再不然就是一窝蜂地追捧成名大作家的新书。

面对这种局面，我理解为什么有些评论家觉得算了，他不想忤逆大家，也不想追随潮流，干脆躲起来点评一些非时人或非国人的作品。《寂寞者的观察》这本文学评论集的作者凌越，就属于这一类人。他是非常出色的诗人，也是书评家、编辑。他的主业是写诗，副业是在报章杂志写一些书评和文学评论。

很多人说，今天中国很牛，处在盛世。也有人说，我们经历过人世间罕见的苦难阶段。这些人都认为，无论中国是强盛还是苦难，似乎都应该有伟大的文学作品出现。为什么没有呢？文学跟时代之间到底是什么关系？一个了不起的时代，或者一个特殊的时代，一定会出现伟大的作品吗？对此，凌越在《我看九十年代诗歌》一文里说道："事实上，历史上许多对人类影响深远的重要年代，如法国大革命、美国南北战争，都没有在诗歌中留下多少痕迹。诗歌似乎永远听命于心灵的派遣，它没有政治敏感，没有经济那样富丽堂皇，但它在一种类似于惰性的坚韧不拔的信念下，保持了人类必须具备的尊严。"虽然谈论的是诗，但如果推广而言，我们能够看到文学跟时代的关系，并非大时代一定会有大文学出现。

但是，这个时代常常有文学评论家期盼这一点，甚至觉得作家应该呼应时代的要求。作家当然要有某种社会使命感，但是这个使命感该如何完成呢？文学跟时代的关系并非简单而直接，而是比较曲折。凌越在《现实世界，诗人何为？》一文里说："对于诗人要介入现实或者要表达对苦难的关怀的论调（仅指这种呼吁本身，而非事实），我有一种本能的反感，因为倡导者的这种姿态本身就预先将自己置于无须辨析的道德位置，有一种居高临下地布道和施予的意味。在我看来，没有人能先天地获得这样的位置，拥有这样的权力。事实也证明那些看起来最有政治激情的诗人往往很难经得起时间的考验，如果你足够真诚和敏感的话，那些苦难和时代的脉动会自动投身到你的诗句之中，而且遵从着'美'的拷问，根本无须做出那样外露和不得要领的标榜。这也是为什么那些最能体现时代精神的诗人，倒往往是一些貌似冷漠的离群索居的遁世者，比如荷尔德林、狄更生、卡夫卡、佩索阿等等。"

说得好！真的很奇怪，像佩索阿、卡夫卡这些作家，你简直
看不出他们跟时代有过多介入或被介入的痕迹，但是为什么我们
今天标明某一个时代的特征时总会想起他们？觉得卡夫卡能够代
表他那个时代，甚至代表他的祖国捷克，但是他的作品有哪一笔
写过捷克人的苦难呢？

当然，也有一些作家跟时代的关系特别紧密。凌越在《爵士
时代的幻梦》一文里提到菲茨杰拉德，认为很少有作家像他那样
强调自己跟所处的时代那种水乳交融的关系。20世纪二三十年代
的美国是浮华时代，菲茨杰拉德给它命名为"爵士时代"。那真
是一个纸醉金迷、富丽堂皇的时代，可是经济大萧条很快来了，
一切如梦幻泡影般消逝。菲茨杰拉德在那个时代如鱼得水，他的
短篇小说颇受一些流行杂志的欢迎，获得高额稿酬。

对此，凌越评价道，如果我们能给予题材应有的重视的话，
可能菲茨杰拉德还算不上一位大作家，但他自有其过人之处，那
就是他的小说中经常流露出的浓郁的诗人和梦想家的气质和风
格。菲茨杰拉德小说的诗意不在于表面的诗化语言，而在于他的
整体感受方式是诗歌式的。他具有卓越的诗人才会有的那种抽象
能力，这使他的小说就算是记载个人化的生活和较窄的生活场
景，仍然能让你明确地意识到这是一部"史诗"。由此看来，单
纯影射时代不一定就是好小说，关键在于作家有没有能力把时代

提升到那样一个层面。

如果说作家不应积极回应所处时代的呼唤，不应积极迎合时代的潮流，那是不是应该像佩索阿、卡夫卡那样躲进小楼成一统，两耳不闻窗外事，躲起来写自己的东西呢？凌越在评论美国著名评论家埃德蒙·威尔逊时说："中国文人'优雅'地赏玩一切的虚假姿态，令人深恶痛绝，他们留恋在物的所谓客观世界里，内心的热情正悄悄地稀释以至于麻木，最后只留下空洞的自恋的呓语。中国文人实质上是以表面的姿态掩盖内心的怯懦，他们通常是出世的，因而也是安全的，并不露痕迹地成为强权的同谋。美国文人传统则迥异于中国文人，他们多半以美国繁荣的报刊为阵地，以流畅优美的文笔迅速对文化、文学的各个方面展开犀利的批评。他们涉猎广泛、眼光独到，而且从不掉书袋。更重要的是，他们通常从文学的审美批评旁溢到社会批评，高超的审美能力使他们的社会批评有一种奇特的、柔软的魅力，而宽广的社会批评视野又使他们的文学批评别具一种纯粹的学院派批评家所不具备的粗犷奔放的力量。"

凌越一会儿说作家不应跟时代有那么简单的因果反映关系，一会儿又赞美作家的社会批判能力，是不是自相矛盾？他其实想说的是，一个作家当然不能无视周遭种种苦难，不能不管所处社会或时代，甚至应该勇敢地介入，但介入的方式不是说你写很多道德文章就算完成作家的责任，那顶多只是完成你个人的道德责任。

　　凌越引述苏联大诗人曼杰斯坦姆[1]的话说："语言的发展速度与生活本身的发展毫无共同之处。机械地去促使语言适应生活需要的尝试，事先就注定是失败的。"这是当年曼杰斯坦姆回应苏维埃文艺观的话，他非常反对文学语言像日常生活语言一样去适应生活的需要。中国也经历过这样一个时期，所以凌越补充道："我在这里不厌其烦地引述曼杰斯坦姆的话，是想说明现实和诗歌的关系不是像许多人潜意识里以为的那样是简单的因果关系，而是非常复杂的对应关系，我们唯一一窥现实和诗歌堂奥的途径都只有词语这一条小道。以我国的作家为例，在'反右'和'文革'期间受尽折磨历经苦难的作家不在少数，可是他们日后的写作却改变了这苦难的成色（不是他们不想表现苦难，而是太想表现苦难了，反倒将其扭曲成另外的东西），甚至于让这苦难变得轻浮和滑稽起来，也就是说起决定性作用的其实是词语，是写作本身，因为苦难自身无法自动再现，只有在词语中它才能找到可以降落的坚实的机场。如此，我们说最终考验作家的是使用词语的技巧，也许就不会引起那些文学卫道士的愤怒了吧。"

---

　　[1]　曼杰斯坦姆（1891—1938），苏联诗人，著有《石头集》《悲伤》等诗集。一生坎坷，居无定所，后半生在牢狱和流放中度过。

作家想跟时代发生关系，需要找到一个特殊的门径，而这个门径应该跟作品本身相关。但今天很奇怪，我常常看到一些评论说，这部作品很伟大，它表现了什么东西，体现了什么精神，内容如何深刻，却不太谈作品本身的语言如何、叙事结构如何、写作技巧如何。假如文学评论就是这么简单地看作品表达了什么，我们何不干脆写宣言算了！宣言表达的东西不是更清楚直接吗？语调不是更激情昂扬吗？

在对曼杰斯坦姆的解读中，凌越说了一段话："诗人唯一真正需要对抗的是陈词滥调，当然如果你坚持对抗陈词滥调、坚持美的逻辑，那么所谓败坏的权势你迟早要触及，因为它们正是陈词滥调的最大主顾和拥趸。但这个顺序决不能颠倒，否则你会从诗人变成一个散文家，最坏的时候难免要堕落为政治家。"一个作家可以展现道德良心、政治勇气，如果你非常认真地看待文学，自然会触碰到这些课题，而不是像某些中国文人用一些唯美的辞藻圈套，把自己养在二楼或后花园里。

（主讲　梁文道）

哥伦比亚的倒影

静闭长成的奇花异草

木心（1927—2011），本名孙璞，作家、画家。生于浙江乌镇，1946年就读于上海美术专科学校，从1982年定居美国，2006年回国定居乌镇。著有《哥伦比亚的倒影》《鱼丽之宴》《云雀叫了一整天》《温莎墓园日记》等。

我什么也没有，只有痴心一片，还是埋头苦写。

2011 年 12 月 24 日，在北京举行的木心先生追思会上，我注意到一个奇怪的现象：有头有脸的文学界大腕几乎一个没来，到场的多是 70 后、80 后、90 后的年轻人。这些人对木心先生情真意切，从全国各地甚至台湾跑到乌镇和北京参加追思会。

许多年轻人在成为木心的读者之后，总是想到乌镇去见他，可是真去了那里，又觉得不好意思或者不够资格去见他，就在他家附近绕来绕去。在中国现代文学史上，一位作家能让年轻人读了他的作品想见他，真要见着时又胆怯退缩的，据我所知只有两位（有些作家你读他的作品，但并不想见他）：一位是鲁迅，一位是张爱玲。现在有了第三个，就是木心。

我第一次读木心的作品在 20 世纪 90 年代，算是接触得很晚了。台湾早在 20 世纪 80 年代就出版了他的书，曾引起一阵轰动。我那次是和马家辉一块儿逛书店，翻了几页木心的书，很震撼，这谁呀？怎么会这样写东西？马家辉说，好像是个旅美作家。我说，他是台湾出去的，还是大陆出去的？马家辉说，大陆。我觉得很奇怪，怎么大陆会出去这样一位作家而我过去不晓得呢？

后来我看到他一张 1978 年拍的照片，感觉他非常怪。"文革"

木心

期间他在地牢里待了两年，但你觉得他不像坐过牢。刚刚摆脱"文革"的作家，难免身子都有点佝偻，神情有点沮丧惶惑，但他没有，精气神很足！1984年，台湾老牌文学杂志《联合文学》在创刊号特设"作家专卷"，题名《木心·一个文学的鲁滨孙》。编者说，木心在文坛一出现，即以迥然绝尘、拒斥流俗的风格引起广大读者强烈注目，人人争问"木心是谁"，对这一阵袭来的文学狂飙感到好奇。

当有人问："木心是谁？"木心回答道："我的本能反应是：'哪一个木心？'福楼拜先生的教诲言犹在耳：'呈现艺术，退隐艺术家。'文稿上具名的'木心'，稿费支票背面签字的'木心'，是两个'木心'。孟德斯鸠自称波斯人，梅里美自称葡萄牙人，司汤达自称米兰人,都是为了文学上之必要,法国文学家似乎始终不失'古典精神'。那么,我是丹麦人,《皇帝的新装》中的那个小孩。在远远的前代,艺术家在艺术品上是不具名的。艺术品一件件完成,艺术家一个个消失了。"

木心提到自己的写作生涯:"从十四岁写到二十二岁,近十年。假如我明哲,就该'绝笔'。假如我有法国兰波之才,已臻不朽。但是我什么也没有,只有痴心一片,还是埋头苦写。结集呢,结了,到60年代'浩劫'前夕正好二十本。读者呢,与施耐庵生前差不多,约十人。出版吗,二十集手抄精装本全被没收了。'尝著文章自娱'结果是'尝著文章自误',因为'颇示己志'啊,接下来就非'忘怀得失,以此自终'不可么。"最后一句的意思是坐牢。

木心的作品会让人思考作者到底是谁,有两个很重要的原因:第一,他用字跟别人不一样,很多人说他常常用特别生僻的字;第二,他用一种非常独特的文体,让你感觉好熟悉但又好陌生。他的文体很古典,但他的思维很现代。这种古典与现代的结合,有一点五四文学的色彩,只是他的文字更干净、古雅。假如中国1949年以后没有经历文脉的断绝,而是沿着五四时期发展起来的白话文一路写下来,说不定会出现这样一派写法。

木心怎么能够独自静闭起来,长成一朵奇花异草?这是一个

木心画作

谜。大陆作家在几十年的革命遗产中成长起来，使用的语言文字
在木心看来是语言贫乏的表现。在台湾，传统文脉虽然没有完全
断掉，但受到现代主义的影响，走出的路也跟木心截然不同。他
是独自关起门来自我发展的。他的画也是这样。他画的画有当时
港台很流行的现代水墨画的感觉。在那样一个与世隔绝的年代，
他根本看不到港台画家在画什么，怎么会画出那样的东西呢？

　　木心先生小时候上的是私塾，在中国古典文化的熏习中长
大。在《哥伦比亚的倒影》这本散文集里，有一篇文章叫《九月
初九》，他说："中国的'人'和中国的'自然'，从《诗经》起，
历楚汉辞赋唐宋诗词，连绵表现着平等参透的关系，乐其乐亦宣

泄于自然，忧其忧亦投诉于自然。在所谓'三百篇'中，几乎都要先称植物动物之名义，才能开诚咏言；说是有内在的联系，更多的是不相干地相干着。"这个说法很有趣，说中国人写文章总是先从动植物讲起，不然好像说不了话。

木心接着说："学士们只会用'比''兴'来囫囵解释，不问问何以中国人就这样不涉卉木虫鸟之类就启不了口作不成诗，楚辞又是统体苍翠馥郁，作者似乎是巢居穴处的，穿的也自愿不是纺织品。汉赋好大喜功，把金、木、水、火偏旁的字罗列殆尽，再加上禽兽鳞介的谱系，仿佛是在对'自然'说：'知尔甚深。'到唐代，花溅泪鸟惊心，'人'和'自然'相看两不厌，举杯邀明月，非到蜡炬成灰不可，已岂是'拟人''移情''咏物'这些说法所能敷衍。宋词是唐诗的'兴尽悲来'，对待'自然'的心态转入颓废，梳剔精致，吐属尖新，尽管吹气若兰，脉息终于微弱了，接下来大概有鉴于'人'与'自然'之间的绝妙好词已被用竭，懊恼之余，便将花木禽兽幻作妖化了仙，烟魅粉灵，直接与人通款曲共枕席，恩怨悉如世情……"

这一小段关于中国文学史的总结非常精彩，可能不像学者的说法那样严谨，但我觉得他有一语道破、直白透视的能力。看得出来，木心非常熟悉中国的传统，但又保持着一种遥远的距离感。他的文风有些人一看就喜欢，有些人无法接受，觉得他太怪了。你能看出他的独特，甚至认同他的好，却不知如何安放他。给王安忆、莫言、阿城这些作家定位好像很容易，但木心就难以安放。他长年潜藏国外，中老年时才被国人发现，先是在台湾红，再被弟子陈丹青介绍回大陆，感觉像个天外来客。他的语言方式跟我们差别太甚，假如认真对待他，我们可能会受他的影响，然后会有焦虑感，所以就干脆不理他。

这就是某些文学家、评论家跟木心保持距离的原因。你假装从来没有人质问你为什么这样写作，你这样用字对不对，你就可以继续写你的东西。假如你已经写了一半，忽然有这么一位老人质问你，你宁愿假装听不见。但是对于没有包袱的年轻人来讲，他们觉得木心真有一套，愿意接近他，就像他们过去接近张爱玲一样。1987 年木心在答台湾《中国时报》编者问时，提到中国文学界的水平问题："四十年来，中国文学进进退退反反复复，现在耆老的一辈作家，差不多全是搁笔在他们自己的有为之年，所以只能说半途而废。据后来的状况看，即使半途不废，也许未必就能怎么样。试想，如果真有绝世才华，那么总能对付得了进退反复的厄运。"

这话说得有点狠。我们会说老一辈作家受过苦难的打击，怎么能对他们要求很高呢？但木心说，别国不乏这等颠扑不破的大器。他认为："环境、遭遇，当然是意外，分外坎坷，而内心的枯萎，恐怕还是主因，'置之死地而后生'这句话就用不上了。用得上这句话的是中年一辈作家，可惜根底都逊于老辈，但也许正因为这样，所以劲道特别粗、口气特别大，著作正在快速等身中。面对这些著作，笼统的感觉是：质薄、气邪，作者把读者看得很低，范围限得很小，其功急，其利近，其用心大欠良苦——怎么会这样的呢？恐怕不光是知识的贫困，而主要是品性的贫困。品性怎么会贫困的呢？事情就麻烦了，说来必须话长，使人不想短说。"

木心对中年一辈作家的批评也许会让很多人非常不同意，认为说得太过分了。但是其中那句"作者把读者看得很低"值得我们思考。我并不认为很多中年作家真的把读者看贬，我要说的是，木心是把读者看得很高的作家。他反复强调自己写东西时，认为读者是有见识的，他用什么文字读者都能看懂，他用什么典故读者都能知晓，他谈什么观点读者都能明白。当他把读者看得很高时，他就能不流俗。

写散文很容易从俗，容易油腔滑调，写一些众所周知的事，只是在句子上面弄弄花哨，人家说你好敢讲，说你好滑稽，然后拍拍手，像个江湖卖艺的。但是，木心从来不这样，他要求自己每一篇文章都要有见识。他的作品之所以能被美国人欣赏，是因为里面有见识。他在文学上成就最大的是散文，写了很多箴言

般的句子，我有时把他比作蒙田[1]，他的散文真是蒙田意义上的
essay（随笔）。

除了散文，木心也尝试不同文体，诗是一大宗，小说也有。
他的作品并非总像大家传说的那样远离人烟，有些作品非常可
亲。他的很多诗作就有这个特点，比如诗集《云雀叫了一整天》
里的《水仙》："二战的连天烽火中／丘吉尔对西西里的岛民说／
必须继续种植水仙／然后运到伦敦去／庆祝胜利。"很简单的一首
诗，但含义丰富，韵味无穷。世界正在打仗，丘吉尔叫意大利人
民种植水仙，为了将来庆祝胜利。你可以说这是一个伟大领袖的
远见，但你不觉得他有点像帝国的暴君吗？然而，在战火连天之
时种植水仙，不也是一件很美的事吗？

木心毕生最大的文学野心体现在《诗经演》这部惊人的诗作
里。《诗经》诗三百，《诗经演》也写了三百首，用的也是四言，
标题也一样。读《诗经演》，你真要备一本字典，好在简体中文
版有李春阳做注解。一个现代作家为什么要这样写诗呢？我们知
道木心是民国年间人，当时对江南的书香门第来讲，读《诗经》
是必备的文化素养。他结合了西方一些诗体去重新演绎《诗经》，

[1] 蒙田（1533—1592），法国文艺复兴时期作家，以博学著称，日常生活、
传统习俗、人生哲理无所不谈，哲学随笔因丰富的思想内涵而闻名于世。

以一人之力用现代诗的方法去注解《诗经》，并且期望读者跟他心灵相通，所以台湾版书名叫《会吾中》。

木心的小说也很特别，写得像散文，不追求情节高低起伏，散散淡淡地铺展开来。比如小说《温莎墓园日记》里，就有他散文中很常见的关于人生的深刻识见。温莎公爵不爱江山爱美人的故事被广为传颂，为什么呢？他说，这分明是最通俗的无情滥情的一百年，所以蓦然追溯温莎公爵和公爵夫人的粼粼往事，古典的幽香使现代众生大感迷惑，宛如时光倒流，流得彼此眩然黯然，有人抑制不住惊叹，难道爱情真是——真是可能的吗？不知是男还是女，在世上第一次对自己钟情已久的人说我爱你。再推演，必有人作为世上第一个第一次以笔画构成"爱"字，在其前加"我"其后加"你"，这样第一次听到我爱你，第一次看到我爱你，必会极度震撼狂喜，因为从来没有想到心中的情可以化为声音变作字。但是之后呢，我们就用得非常俗滥，乃至于真有爱情出现的时候我们都要问，它是真的吗？

（主讲　梁文道）

一个时代的斯文

容忍与自由：胡适读本

胡适"再发现"

胡适（1891—1962），安徽绩溪人，哥伦比亚大学哲学博士，中国新文化运动领袖人物。历任北京大学校长、台湾"中央研究院"院长等职。在哲学、文学、史学、古典文学考证等诸多领域皆有所成。

潘光哲（1965—　），生于台北，台湾大学历史系博士，现任台湾"中央研究院"近代史研究所副研究员，兼任胡适纪念馆主任。

凡事都可以再商议，凡事也都应该有保留。这样的态度让人觉得他是一个很温暾的人。

2012 年 2 月 24 日是胡适先生逝世 50 周年纪念日，我在台北看到一些朋友在纪念他。现在纪念胡适的人很少，虽然马英九去了墓园，但毕竟是一个小众活动。回想当年他去世的时候，几十万老百姓自发上街设祭、扶灵，真是霄壤之别。

几十年过去了，我们还有必要重新认识胡适吗？还有必要读他几十年前就被人说是很浅显的文章吗？我觉得还是有必要的。问题是，胡适一生著作超过千万字，我们该如何阅读呢？目前市面上很多集子好像容易以偏概全，比如我读过台湾远东图书公司出版的四卷本《胡适文存》，那是被李敖痛骂非常对不起胡适的一部书，因为它把胡适很多重要文章都删去了，或者把一些文章里面的要害段落改掉了。

胡适是对我影响最大的人之一。我年轻时在台湾念书，看不到鲁迅的书，能看胡适的作品。尽管如此，在"两蒋时代"想全面认识胡适还是很困难的。因为胡适固然不喜欢共产党，但他对国民党、蒋介石甚至对孙中山的批判，也是国民党政权无法容忍的。他成了一个很尴尬的存在，大家都崇拜他，可是要看全他写的东西是不可能的。

面对卷帙浩繁的胡适的著作，从哪个本子读起呢？我推荐一本目前市面上最好的选本——《容忍与自由：胡适读本》。这本书的重点不是介绍胡适很多重要的学术文章，比如当年开风气之先的《白话文学史》《中国哲学史大纲》等，这些东西今天再看有点过时了。这本书主要让我们看到为什么胡适能够成为一代思想启蒙导师，他对社会、个人、文化、学术有哪些看法，他为人处世、做学问、看世界的方法是什么。方法，正是胡适成为"大家"的关键。

这个读本也并非完全没有问题，有个瑕疵是注释不够。例如胡适提到一些洋人的名字，直接用外文写，其中 Karlgren 就是大名鼎鼎的高本汉 [1]，编者如能做注释，对一般的汉语读者恐怕比较有帮助。不过，台湾胡适纪念馆的主任潘光哲先生已经做了很多了不起的编辑工作，比如每篇文章都有一个"解题"，说明文章发表的年代、社会背景，给读者一个清晰的历史脉络；同时后面附有延伸阅读，列出参考书目，指导读者进一步了解。

为什么我们今天还要读胡适？潘光哲在胡适《〈国学季刊〉发刊宣言》这篇文章的"解题"里提到，当时胡适在《整理国故与"打

---

[1]　高本汉（Klas Bernhard Johannes Karlgren，1889—1978），瑞典最具影响力的汉学家。1910年到中国留学两年，学术研究涉及汉语言学、考古学等领域，著有《中国音韵学研究》《古汉语字典》等。

鬼"》一文中说，"整理国故"是为了"捉妖""打鬼"，目的在于"重新估定一切价值""解放人心"。后来人却未必体会其意，反而扛起"发扬民族精神"的旗帜，使学术成了为民族主义服务的工具。我觉得这一看法，点出了今天国学热跟当年胡适谈国学的用心之不同。胡适号召大家整理国故，对庞大的古籍做一些索引式、总结式整理，将中国文化史、民族史、语言文字史、经济史、政治史分门别类进行整理……这些今天听起来都太平常，没什么了不起，可是在当时还从来没有人如此完整地、系统地提过这些东西，这就是胡适了不起的地方。我们今天看到满街满巷的中国宗教史、中国民族史、中国政治史等，都是从那个时候开始整理的。

有些学者会说胡适很浅薄，当年就有很多人这样说。为什么大家会觉得胡适浅薄呢？第一，他的老师杜威开创的美国本土化哲学流派当时叫作实验主义，这个名字给人感觉学问、思想都讲实用，好像很肤浅。第二，胡适不喜欢高谈一些比较深奥的玄理，喜欢谈具体的、现实的问题。当年他写文章叫人"多研究些问题，少谈些'主义'"，时下流行的各种主义，他全不以为然。他说："凡'主义'都是应时势而起的。某种社会，到了某时代，受了某种影响，呈现某种不满意的现状。于是有一些有心人，观察这种现象，想出某种救济的法子。"胡适认为，中国应该赶紧解决的问题太多了，"我们不去研究人力车夫的生计，却去高谈社会主义！不去研究女子如何解放，家庭制度如何救正，却去高谈公妻主义和自由恋爱！……"这些在胡适看来都是自欺欺人的梦话。

这种态度也体现在胡适做学问方面。他在《新思潮的意义》一文中回顾"五四"新思潮，说其根本意义只是一种新态度——评判的态度。这种评判的态度，实际表现为两种趋势：一方面是讨论社会上、政治上、宗教上、文学上种种问题，一方面是介绍西洋的新思想、新学术、新文学、新信仰；前者是"研究问题"，后者是"输入学理"。然后，他再次强调为什么要研究问题。他说："因为我们的社会现在正当根本动摇的时候，有许多风俗制度，向来不发生问题的，现在因为不能适应时势的需要，不能使人满意，都渐渐地变成困难的问题……"于是，研究问题变成很必要的事。这是胡适一辈子都在强调的。

研究问题应该用什么方法呢？胡适提倡的各种方法中最重要的当属杜威的方法。他在《杜威先生与中国》一文中认为，杜威的实验主义哲学方法可分为两部分：一是历史的方法，要将一个制度或学说置于历史背景之中，不能抽空于时代背景；二是实验的方法，要从具体的事实与境地下手，一切学说、理想、知识都只是待证的假设，而非天经地义，实验是真理的唯一试金石。最后这句话后来毛泽东和邓小平都讲过。从这个角度看，马克思主义革命家居然也受到当年他们猛烈批判之人的影响。

胡适把剧作家易卜生介绍到中国，他和鲁迅都很推崇易卜
生。他在《易卜生主义》一文中说，易卜生就像个医生，看到的
社会、人生都像有病，但他知道人类社会是极其复杂的组织，有
种种绝不相同的境地，有种种绝不相同的情形。社会的病，种
类繁杂，决不是什么"包医百病"的药方所能治得好的。因此，
易卜生开了许多脉案，却不肯轻易开药方，而是让病人自己去
寻找。

由于胡适持有这种观点，所以大家觉得他不够深刻、不够系
统、不够全盘，从来没有提出解决中国问题的全方位的方案。那
种自称能够解释历史规律和社会所有现象的庞大理论系统，胡适
是不相信的。他认为社会由种种势力构成，改造社会须要改造社
会种种势力，而这种改造一定是零碎的改造、一点一滴的改造、
一尺一步的改造。

最近几年中国常常有各种各样的社会、文化、学术讨论，这
些讨论很快就会变成很激烈的争论，再发展下去就形成了不同派
别，出现了种种对立。这种气氛常常让我觉得很无聊。比如方舟
子与韩寒的争论，我们有必要在其间站队吗？有必要全盘赞成一
个，全盘否定另一个吗？胡适就是一个不肯轻易站队的人，也不
肯轻易地否定或者赞成任何一个人或者任何一种主张。在他看来，
好像凡事都可以再商议，凡事也都应该有保留。这样的态度让人

觉得他是很温暾的一个人。这几年，大陆知识界很多朋友开始喜欢他，觉得这种态度是今天大陆特别需要的。

胡适跟陈独秀当年是发动文学革命的战友，在北京大学共同推动了很多文化革新运动。后来陈独秀当了中国共产党第一任总书记，两人政见不同，却能同持一种容忍异己、彼此尊重的态度，友谊基本保持不变。1925年发生北京晨报馆被群众烧毁事件[1]后，胡适不认同陈独秀的态度，便写了一封信给他。他在《胡适致陈独秀》中说："你我不是曾同发表过一个'争自由'的宣言吗？那天北京的群众不是宣言'人民有集会、结社、言论、出版的自由'吗？《晨报》近年的主张，无论在你我眼睛里为是为非，决没有'该'被自命争自由的民众烧毁的罪状；因为争自由的唯一原理是：'异乎我者未必即非，而同乎我者未必即是；今日众人之所是未必即是，而众人之所非未必真非。'"他又提到："我也知道你们主张一阶级专制的人已不信仰自由这个字了，我也知道我今天向你讨论自由，也许为你所笑。但我要你知道，这一点在我要算一个根本的信仰。我们两个老朋友，政治主张上尽管不同，事业上尽管不同，所以仍不失其为老朋友者，正因为你

---

[1] 《晨报》前身为《晨钟报》，1916年创刊，最初是梁启超、汤化龙为首的进步党之机关报，后逐步成为超越各党派的公共媒体。1925年11月29日，在国民党左派人士和中共北方区委发动的"首都革命"中被群众纵火焚烧。

我脑子背后多少总还同有一点容忍异己的态度。"

随后，胡适提起一件有趣的事："我记得民国八年你被拘在警察厅的时候，署名营救你的人中有桐城派古文家马通伯与姚叔节。我记得那晚在桃李园请客的时候，我心中感觉一种高兴，我觉得这个黑暗社会里还有一线光明：在那反对白话文学最激烈的空气里，居然有几个古文老辈肯出名保你，这个社会还勉强够得上一个'人的社会'，还有一点人味儿。但这几年以来，却很不同了。不容忍的空气充满了国中。并不是旧势力的不容忍，他们早已没有摧残异己的能力了。最不容忍的乃是一班自命为最新人物的人。"

陈独秀后来被中共开除党籍，又被国民党抓去坐牢，1937年出狱后忍受贫病、流离生活的折磨，撰文反省自己的一生。胡适直到1949年才读到《陈独秀最后对于民主政治的见解》，看罢非常感动，觉得老朋友的观点已经完全变了。陈独秀在生前最后的几封信里也提到胡适，说："适之兄说弟是一个'终身反对派'，实是如此。然非弟故意如此，乃事实迫我不得不如此也。"胡适说："因为他是一个'终身反对派'，所以他不能不反对独裁政治……"

（主讲 梁文道）

重寻胡适历程：胡适生平与思想再认识

胡适受欢迎是假象

余英时（1930—　），美籍历史学家，台湾"中央研究院"院士，曾任教于哈佛大学、耶鲁大学、普林斯顿大学等。著有《朱熹的历史世界》《文史传统与文化重建》等。

　　他的新观念已带出了一整代年轻学人，把整个中国的学问往前推进。

　　1930 年 10 月 17 日晚，胡适应邀到北平协和医院做一场英文讲演，上千名学生把讲堂挤得水泄不通。当时胡适还在吃饭，匆匆放下饭碗，临时决定先用中文讲一场。可见当时青年导师如日中天的地位。

　　余英时先生在《重寻胡适历程：胡适生平与思想再认识》这本文集里认为，"胡适崇拜"在很大程度上象征了向政治权威挑战的心理。然而，胡适也并不总是对年轻人有这么大的吸引力。他当北大文学院院长的时候，鼓励学生关心社会，可以游行，但不要罢课，罢课没好处，好好念书才是报效国家的最好方法。这种想法在当时当然被认为是保守的，非常不中听，年轻人便和他渐行渐远。

　　胡适发现，当时的年轻人跟"五四"青年已不一样。"五四"时期学生上街游行是自发的，20 世纪 30 年代的学生多是被地下党组织出去的。信奉自由主义的他感到困惑，为什么学生运动还要有人在幕后组织呢？而且组织者神神秘秘，他非常不喜欢。有位年轻人看到胡适反对北大学生在"一二·九"运动后罢课，便写信骂他："倘若你以为这是不当，那你真是丧心病狂了！该杀的教育界的蠢贼！！……你妈的！难道华北卖给日本以后，你还能当北大的文学院长吗？你把我这热心的青年学生残杀几个，陷害几个，你心还很痛快吗？即使你阻止住了我们爱国心的沸腾，于你有什么好处？！于你的良心也过意得去吗？"

后来周作人写信安慰胡适在"一二·九"学潮中所受的打击。胡适第二天回信说："你说'我们平常以为青年是在我们这一边'，我要抗议：我从来不作此想。我在这十年中，明白承认青年人多数不站在我这一边，因为我不肯学时髦，不能说假话，又不能供给他们'低级趣味'，当然不能抓住他们。但我始终不肯放弃他们，我仍然要对他们说我的话，听不听由他们，我终不忍不说。"

在抗日问题上，胡适被认为是主和派。国难当头，主和派几乎等同于汉奸，遭人痛骂甚至挨打都有可能。"九一八"事变后，胡适一直主张跟日本公开交涉，以谋求十年和平，其间中国全力发展现代军事设备，以阻止日本武力征服的企图。明明日本人欺负我们到这种地步，为什么胡适认为还不能抗战呢？他的讲法很简单，要大家冷静地看到："中国在这次战争中的问题简单说来，便是一个在科学和技术上都没有预备好的国家不得已而和一个第一流的军事与工业强国进行一场近代式的战争。"

当战事拖到最后不打不行的时候，胡适答应蒋介石出使美

国。他到美国干吗？余英时先生分析他的日记后发现："胡适毅
然受命于危难之际，出使美国，完全是为了实现他早在1935年
关于中日战争的一个充满着先见之明的构想，即中国在破釜沉
舟，单独苦战三四年之后，终能促成太平洋的国际大战。他首先
假想的参战国家当然便是美国。怎样把美国卷入远东的战局是他
使美的最大愿望，然而却绝不能露骨地表示出来。"果然，美国
对日宣战后不久，胡适宣布辞职。

胡适一辈子非常冷静，非常理性。在任何激烈的时局讨论中，
他永远不是被划分到最符合潮流、最符合大众的那一派明星。他
的所谓受欢迎可能是一种假象。他一生中在很多事情上、很多时
刻都走到了当时大众期望的反面。当然，他自有想法。可是这样
的一个人，我们该如何评断呢？余英时先生提到，中国抗战结束
没多久，内战将中国知识分子迅速推向两极，不归于墨，则入于
杨。两条道路，两种前途，摆在所有人面前，中间再没有回旋和
中立的余地。而胡适始终抱着出国前"超党派"的独立观念，冷
静地观察时局变化。

1945年，胡适从纽约给毛泽东发去一封电文，劝中共放弃
武力，在中国建立一个不靠武装的第二大政党。同时，胡适也劝
蒋介石要有容人之量。这些劝告看起来多么可笑！相信"枪杆子
里出政权"的毛泽东怎么可能放下武装？而一心要消灭共产党的

蒋介石，怎么可能容下一个庞大的反对党？胡适未免对现实政治太乐观了，甚至太天真。

胡适的乐观不只在政治上，还体现在教育上。二战期间在美国，他就想着将来要把北大好好重建。他一直有个想法：中国要是有好的大学，未来就有希望。1944年，他给杨联升写信说："北京大学万一能复兴，我很盼望一良与兄都能考虑到我们这个'贫而乐'的大学去教书。"当时抗战还没结束，他还不是北大校长，却已开始为北大复兴设想了。他在哈佛大学遇到周一良、杨联升，觉得这两位年轻人很好，很有出息，就想劝他们回国教书。

胡适一生的风格就是这样，到处发掘他认为有才华、有希望的年轻人。而他看人的眼光很准，被他看中的人后来都在各自的专业领域取得成就。有人问，胡适的学术成就往往不如弟子们，为什么他还能成为思想界的领袖呢？余英时说，胡适回国后短短一两年内"暴得大名"，有其客观历史背景。当时中国思想领域有个缺口，经过清末"中体西用"的争论后，大家仿佛不知道该怎么走下去。"在五四运动的前夕，一般知识分子正在迫切地需要对中西文化问题有进一步的认识；他们渴望能突破'中体西用'的格局。然而当时学术思想界的几位中心人物之中已没有人能发挥指导的作用了。这一大片思想上的空白正等待着继起者来填补，而胡适便恰好在这个'关键性的时刻'出现了。"

　　胡适的出现，造成的影响是什么呢？像尼采所说的"重新估定一切价值"，用这样的态度把中国如何现代化的问题从科技与政治层面提升到文化层面，打破了"中体西用"的格局。从那以后，"中学""西学"这些名词我们听不到了，变成"中国文化""西方文化"之类的概念。反对胡适的梁漱溟之所以能够畅谈东西方文化及其哲学命题，正是由于胡适倡导的这种态度造成了一种新的气象。

　　中国20世纪50年代出版过几百万字的《胡适思想批判》，其批判范围之广反过来说明了胡适思想的全面性，几乎触及了人文学科的每一方面。当年顾颉刚在北大听胡适讲中国哲学史，本以为会从伏羲开讲，一年下来才讲到《洪范》，没想到胡适丢开唐虞夏商，改从周宣王讲起。一帮年轻学生吓一大跳，他们发现胡适有截断众流的魄力，居然从《诗经》中取材，称西周为诗人时代。胡适带来了一种开天辟地的新观念，原本想骂他的人都服了。至于他后来对中国哲学史、中国史学做出多大成就，那已经不重要了，因为他的新观念已带出了一整代年轻学人，把整个中国的学问往前推进。

（主讲　梁文道）

再造文明的尝试：胡适传（1891—1929）

激进年代

罗志田（1952—　），北京大学历史系教授。普林斯顿大学博士，师从余英时。著有《民族主义与近代中国思想》《权势转移：近代中国的思想、社会与学术》《乱世潜流：民族主义与民国政治》等。

如今我们已回来，你们请看分晓罢。

1919 年 6 月的北京，52 岁的国学大师章太炎在少年中国学会演说。章太炎以长者立场，针对青少年的弱点做了几点告诫。28 岁的归国博士胡适接着登台演讲。他一开始就宣布章太炎先生所说的"都是消极的忠告，我现在且从积极的方面提出几个观念"。话虽婉转，反其道而行之的意思很明显。胡适在讲完他的积极观念后，用英文念了一句荷马的诗："You shall see the difference now that we are back again." 这句话胡适早几年在留学日记中译为"如今我们已回来，你们请看分晓罢"。

罗志田教授在《再造文明的尝试：胡适传（1891—1929）》的引言中，先声夺人地写出上面那段话。从中可以看出两点：一是胡适的自信心，早在康奈尔大学、哥伦比亚大学念书的时候，他就已经想着回国要干一番事业；二是他果然一回来就告诉大家，且看我们这些留学生会带来什么不一样的东西。后来事实证明，他们带来的果然是一个翻天覆地的变化。

罗教授以治近代史和现代史著名，尤其在思想史方面非常有成就。身为余英时先生的高徒，他对胡适的很多理解并未脱离导师理解的范围，但在细节处理上更为缜密。罗教授认为，胡适、陈独秀那批人学西学的时候，对西方思想建设性的一面接受得并不多，倒是对近代西方那种与传统决裂的精神颇有领会。陈独秀就将"近世欧洲历史"化为一部"解放历史"，即在政治、经济、社会等各方面与传统决裂，结果出现破坏即救国、爱之愈深而破之愈烈、不大破则不能大立的诡论。

以这样的思潮作为背景，整个民族思想文化的激进程度可想而知。胡适在那种潮流里也被边缘化了，虽然他回国后造成不同的局面，但很快就被认为不够激进了。在这个过程中，最具特色和革命影响力的是白话文运动。罗教授特别勾勒出胡适文学观与众不同的地方。大家都知道胡适喜欢白话文，认为白话文是属于这个时代的文学。但是大家忽略了胡适的另一个讲法，他认为后一个时代的文学通常胜过前一个时代，唐诗一变而为宋词，再变而为元曲，都是在进步，越变越好。胡适看待西方文学史也是如此，说莎士比亚当年算是一代圣手，但以现在的标准看，他远不如近代戏剧家。《奥赛罗》只是一部近代大家绝不做的丑戏，《哈姆雷特》也实在看不出什么好。他这么说，大家都认为他太外行，不懂文学；他爱文学，但文学不爱他。

胡适还认为，我们不应从古文史里去找代表一个时代的文学，而应向旁逸斜出的不肖文学里去找寻。因为不肖古人，所以能够代表当世。旁逸斜出的东西是什么呢？他不断强调白话文学和各种小说。中国的文学传统不重小说，但他从西方引进新观念，将原来不登大雅之堂的话本小说地位抬高，把中国文学史上属于边缘地位的东西拿出来。在这种观念下，一部新的文学史出现了。

什么是文学的美呢？在胡适看来，说清楚了就是美。《尝试集》里的新诗基本上都是大白话，有一句常常被人挖苦的诗句是"匹克尼克来江边"。"匹克尼克"是"picnic"（野餐）的音译，意思是在江边吃野餐。类似这样很好笑的诗，当年却很受欢迎。把 democracy 译成"德谟克拉西"，把 popular 译成"普罗"，在当时的思想文化争论中就赢定了，因为够洋派。

当时最支持白话文运动的主要是知识青年，他们论古文根底不行，论西学又是半桶水，所以白话文是他们力争上游的最佳工具，总算能跟过去占据庙堂的精英一较高下。胡适、陈独秀希望白话文能让一般老百姓喜欢，但是老百姓真的爱吗？不一定。当时普通大众喜欢看的文学，比如林琴南翻译的小说，或者鸳鸯蝴蝶派的小说，都不是用白话文写的。吊诡的是，胡适后来反思白话文运动为什么能够成功，发现主要是因为北洋政府非常迅速地将所有教科书都改成白话文。北洋政府是大家认为最保守、最顽固的坏政府，竟这样支持白话文运动。

大家想想看，一个最保守、最顽固的政府都能做这么激进的事，那是不是一个再造文明的年代呢？

（主讲 梁文道）

舍我其谁：胡适

狐狸才，刺猬心

江勇振，台湾师范大学历史系毕业，哈佛大学博士，现任美国印第安纳州私立德堡大学历史系教授。著有《星星·月亮·太阳——胡适的情感世界》《张君劢传》。

在他眼里，私下怎么做人，公共领域怎么做人，二者要一致。

40岁生日的时候，好友马家辉送我一份厚礼——胡适的《四十自述》。我很喜欢这本书，但坦白讲，好看归好看，却不是可靠的胡适传记。胡适生平喜欢鼓励别人写自传，自己也写自传，还写了大量日记和书信。他太清楚自己在中国历史上的地位了，知道这些东西将来有人会看，所以他在书写和整理时很系统地修改过，以维持自身完整的形象。他非常重视自己的名声，这是他好名的一个表现。

《舍我其谁：胡适》的作者江勇振教授在这本书的前言里就表明对胡适这些资料的不信任态度。但他也不是要挖胡适老底，相反，他把胡适捧得不得了："有多少人，人云亦云，说胡适'肤浅'，说他西学根底薄弱，浑然不知他们自己就是庄子的寓言里所说的蝉与斑鸠。他们不识鲲鹏之大，坐井观天，正坐庄子所谓'朝菌不知晦朔，蟪蛄不知春秋'之讥。试问，在胡适出生百年后的人如果能看出胡适'肤浅'的所在，其所反映的不过是学术的渐进，而不是哓哓然贬抑胡适这个人的聪明与才智；反之，在胡适出生百年后的我们，既有坐拥群书之利，又有能坐在研究室里，随时手打键盘，上图书馆期刊网搜索、阅读论文之便，如果不能超越胡适，则该汗颜的是自己，而不是反其道而行，津津乐道地细数胡适的'肤浅'。"

很多东西被胡适自己隐埋得很深，又或者被他自己修改了很多次，怎么办呢？江勇振的做法很简单，尽量找回原始材料。比如想知道胡适在美国念书期间受什么人的影响比较深，他就直接去找当时胡适修过的课，把教科书、参考书看了一遍，然后对照胡适写的东西，看看他多大程度上受了这些书的影响。帮一个人写传记写到这个地步，怕是不容易。不过，下这样的功夫是很适当的，因为胡适也是这样一个人。

大家笑胡适是"上半部先生"，写什么都只写个上半部，很多宏大计划最后无法完成。例如胡适曾为《中国思想史》准备了很多材料，但他才着眼汉初，就发现连"太学"这个题目都没有可资利用的材料："《博士考》一个题目，我欲借此作汉代经学变迁的研究。偶一下手，始知谨严如王静安先生，亦不能完全依赖！……本意只想为王先生《博士考》作一跋，结果也许还得我自己重写一篇《两汉博士制度考》。"哪知半年后，《水经注》就吸引了他的注意力："作《东原年谱》，我久有此意。但为《水经注》案搁置《中国思想史》太久，此案结束后，恐须用全力写书，不能再弄'小玩意儿'了！"试想，《中国思想史》都还没开始写，他又动念想写《东原年谱》！

由此可见，胡适做学问时有很多想法和灵感，所以江勇振说他是一个"狐狸才、刺猬心"[1]的人。胡适有狐狸之才，什么都能碰，但又希望把所有东西弄得严严整整、规规矩矩，希望把所有考证做到最严密为止，而且他有考据癖。问题是，他想做的学问那么多，每一样东西都要自己从头去摸去碰，能搞定吗？当然搞不定。这就是他给人感觉做学问做一半或者学问做不好的原因。但与此同时，他又能够开一代风气之先，成为很多学术领域重要的奠基人之一。

胡适当年是一名"庚子赔款"留学生。他们坐邮轮去美国，个个都坐头等舱，沿途受到热情接待，真被当成天之骄子。但他当时心里很酸苦，很悲观，跟后来不可救药的乐观派完全相反。他在一篇文章中说，为什么今天中国老出留学生？因为我们自己的学问不行，我们自己的学校不行。我们留学的目的，就是为了

---

[1] 江勇振对"狐狸才、刺猬心"做如下解释：狐狸知晓许多事情，刺猬就知道一件大事。思想家、文学艺术家有两种类型：第一种类型有一个中心的思想或系统，其完整性与一致性不一定必须必备，但这中心思想或系统是他们用来理解、思考、感觉事物的根据；第二种类型则没有定见，他们所追求、探索的事物可以完全是不相干，甚至是互相矛盾的。前者是刺猬，后者是狐狸。

将来中国学生不用再留学。他后来那么关心北大的建设，就是希望看到中国能有与牛津大学、哈佛大学相媲美的一流大学。可惜他没看到，我们也不一定看得到。

关于胡适留美期间的事，有一个著名的争论：胡适到底有没有拿到博士学位？他的博士学位什么时候拿的？江勇振挖掘出一些新材料，认为胡适在康奈尔所受的影响比在哥伦比亚大学深得多，而且胡适受杜威的影响并不像他自己说的那么大。胡适读博士期间可能没搞懂杜威在讲什么，论文《先秦名学史》对杜威实验主义的误解与滥用比比皆是。直到 1919 年杜威访华，胡适担任介绍和翻译，才拼命苦读，算是读通了杜威。

今天大家喜欢谈民国范儿，其中有一点特质很容易在胡适、陈独秀那代人身上找到。他们的言论、思想非常大胆、激进，生活作风却很保守、传统。比如胡适一辈子鼓吹男女平等、自由恋爱，自己却遵从母命，娶了素未谋面的乡下太太。其间他虽然有过别的恋情，但最终下定决心跟太太在一起。关于胡适的感情世界，最近几年出了很多书。我对人家隐私的东西不感兴趣，但这本书谈论的立场却值得我们注意。我们不是要去了解胡适私生活的细节，而是从他用什么态度对待感情可以看出他对自身人格的塑造。

1911年9月29日，胡适去听康奈尔大学病理学教授穆尔演说"青年卫生"，然后在日记中写道："注重花柳病，甚动人。"1915年，他去买了一本《男人理性的性生活》(*The Rational Sex Life for Men*)。在康奈尔大学念书时，他对男女关系谨慎到搞笑的程度。有一次他去女生宿舍聊天，回来后在日记中声明，这是他第一次去女生宿舍，说自己"盖全偏于智识（intellect）一方面，而于感情（emotion）一方面几全行忘却"。

很多人不明白，胡适为什么要跟太太厮守终老呢？江勇振说，胡适认为"休弃贫贱之妻，而娶富贵之女以求幸进，此关于私德亦关于公德者也"。也就是说，胡适把对婚约的信守当成公德的一部分。在我们眼里，要不要跟老婆离婚，关公德什么事啊？但胡适认为，公德跟私德要一致，所以他要守着。当时有人跟胡适的母亲造谣，说他在美国另娶了老婆。他写信澄清："儿若别娶，于法律上为罪人，于社会上为败类，儿将来之事业、名誉，岂不扫地以尽乎？此虽下愚所不为，而谓儿为之乎？"他如果不信守婚约，则"国人鄙之可也"。他当时那么年轻，就已经考虑到将来国人会不会鄙视他。

一直以来，胡适对自己的为人很是焦虑，总在苛责自己，甚至到了像蒋介石那种变态的地步。到美国之后，他慢慢从早年对修身进德的焦虑变成对品格锻炼的追求。他在日记中要求自己：
"第一，卫生：每日 7 时起；每夜 11 时必就寝；晨起作操半时。
第二，进德：表里一致——不自欺；言行一致——不欺人；对己
与接物一致——恕；今昔一致——恒。第三，勤学：每日至少读
六时之书。读书以哲学为中坚，而以政治、宗教、文学、科学辅
焉。主客既明，轻重自别。毋反客为主，须擒贼擒王。读书随手
作记。"

　　胡适非常看重的一种品格是表里一致，言行一致。在他眼里，
私下怎么做人，公共领域怎么做人，二者要一致。所以，他写自
传也好，向别人描述自己也罢，总是修饰得那么厉害，总是那么
在乎自己的公共形象。我们不能说他是伪君子，因为他真的是一
个律己很严的人。

（主讲　梁文道）

陈独秀的最后岁月

没钱买棺材的创党者

朱 洪◎著

陈独秀的最后岁月

朱洪（1957— ），安徽安庆人，安庆师范学院教授。著有《陈独秀风雨人生》《陈独秀与胡适》等。

一个政党怎能长期作践自己的创党者呢？

中国共产党的创始人陈独秀究竟是怎样一个人？很多人对他并不了解，尤其是青年一代。《陈独秀的最后岁月》写了陈独秀最后十年的生命轨迹。作者朱洪先生是陈独秀的安徽同乡。

陈独秀生于1879年，3岁丧父，17岁考取秀才。他参加过一次举人考试，失败后出去闯天下，到过日本5次。他自办了安徽省第一份报纸。辛亥革命中，他三度担任安徽都督府秘书长。二次革命时，他在芜湖遇险，差点被枪毙。

1915年，陈独秀创办了《青年杂志》(后改为《新青年》)，高举文学革命的大旗，力倡民主与科学。1917年，他被聘为北京大学文科学长。1919年，他被北洋政府逮捕，孙中山出面营救。出狱后，他就转向李大钊的"主义派"，1920年创立了中国共产党早期组织，连任5届中共中央总书记。他的儿子陈延年、陈乔年都是共产党员，先后在革命中牺牲。1927年大革命失败后，他隐居上海，拒绝去莫斯科。由于他和托洛茨基关系密切，后来参加中国托派，被中共开除党籍。但他个性倔强，拒绝去莫斯科参加中共六大为自己辩护。

陈独秀就是这么一个怪才。他没有什么像样的学历，却领导了一个时代的新文化运动。作为政治家，他先后被共产党、共产国际、中国托派开除。身为人父，两个儿子被杀，他不能去哭灵；

陈独秀像

女儿病死，他不能去送葬。作为一介书生，他生前没一个出版社给他出专著，晚年落魄到没有钱给自己准备一口棺材。他的坟地在"文革"中被铲平，墓碑被砌到泥巴墙上。

历史人物总要经得起历史的沉淀。中共在2011年中国共产党成立90周年纪念日的时候，对陈独秀的评价发生了变化。诚然，一个政党怎能长期作践自己的创党者呢？如果说陈独秀因为与托派的关系为共产国际和中共所不容，倒是情有可原。托洛茨基本人就被斯大林派人远赴墨西哥暗杀身亡。可是如何评价托派这个问题，应该由历史来回答，而不是由权力者来回答。

即使后来被中共开除，陈独秀终其一生也从未出卖过中共机密，从未跟中共的对手国民党合作过。到了民族存亡的危急时刻，他率先提出应该建立抗日民族统一战线，国共必须放弃对立，共同对外抗战。至于陈独秀抵制远在莫斯科的共产国际，现在看来，他的态度是对的。毛泽东晚年跟苏联分道扬镳，何尝不是对陈独秀当年抵抗共产国际的一种认同？

（主讲　何亮亮）

陈独秀全传

十大罪名莫须有

唐宝林（1939—　），上海人，中国社会科学院近代史研究所研究员。著有《陈独秀传：从总书记到反对派》《中国托派史》等。

学术界为陈独秀正名经历了一个非常艰难的过程。

陈独秀是中共第一任总书记，中共官方党史却长期否定这位创始人，这个现象十分有趣。1929 年，陈独秀因转向托派被中共开除之后，党史便只承认他在创党初期的作用，对他后期的思想和行为全盘否定。

世界上最大的执政党为什么要否定自己的创党者呢？唐宝林先生毕 30 年之功，不厌其详，追根究底，深入爬梳史料，详尽梳理陈独秀一生思想发展的脉络，揭示陈独秀与中共、中国革命复杂纠结的历史关系，最终写成这部迄今为止最详细、最全面的陈独秀传记。

在这本书里，唐宝林先生运用了大量新近解密的资料：1929 年被开除到 1942 年去世前，陈独秀与中共中央斗争的几乎全部文件、文章和书信；1929 年转向托派及 1931 年被选为中国托派中央书记后，陈独秀与国民党、共产党、托派内部极左派的斗争及呼吁联合抗日的几乎全部资料；中国托派从 1927 年大革命失败后在莫斯科诞生，到 1952 年在大陆被取缔时的几乎全部史料……

这本厚厚的大书试图回答一些长期被遮蔽的关键问题：陈

独秀晚期采取与共产国际、中共中央对立的立场，究竟有什么原因？具体有哪些主张？进行了哪些活动？与中共矛盾的焦点在哪里？学术界为陈独秀正名经历了一个非常艰难的过程。中共曾给陈独秀定下十项罪名：机会主义的二次革命论、右倾机会主义、右倾投降主义路线、托陈取消派、反苏、反共产国际、反党、反革命、汉奸、叛徒。十大罪名，看起来真是十恶不赦。唐宝林先生经过长期研究，发现这十项罪名全都是莫须有。

陈独秀是新文化运动的领袖人物，这一点海内外公认。毛泽东晚年曾谈到，如果没有陈独秀，他不会走上革命的道路。对于这样一位重要人物，中共为什么要全盘否定他呢？共产国际是陈独秀与中共发生矛盾的关键。陈独秀从一开始筹办中共，就受到来自共产国际的巨大压力。中国共产党成立之初是共产国际的支部，而共产国际远在莫斯科，不了解中国实际情况，发出了很多错误指示。陈独秀对此一直有所抵制，却也因此招来大祸。现在来看，陈独秀对共产国际的抵制是完全正确的。

1937年，周恩来到南京老虎桥第一监狱[1]看望陈独秀，谈到中共抗日民族统一战线问题。陈独秀表示，他完全同意，并愿意

---

[1] 1932年10月15日，陈独秀被上海公共租界巡捕房以"创办非法政党"的罪名逮捕。1933年4月以"以文字为叛国之宣传"的罪名被判处有期徒刑13年，后改判有期徒刑8年。1937年8月23日提前获释。

到延安去接受教育。周恩来听了很高兴，叫他也可以带几个亲属
去延安。临别时，周恩来说和蒋介石交涉一下，他就可以出来了，
家里如果没有别的事，就可以去延安。但是，周恩来向组织请示
之后，延安方面却没有任何表示。换句话说，毛泽东不同意陈独
秀去延安。后来陈独秀被迫去了四川，在穷愁潦倒中度过了生命
的最后阶段。

（主讲　何亮亮）

一个时代的斯文

清华校长梅贻琦

黄延复（1928—　），清华大学校史研究学者，梅贻琦教育思想研究专家。著有《梅贻琦与清华大学》等。

钟秀斌（1969—　），资深媒体人，曾任《中国企业家》杂志社发行总监、《IT经理世界》杂志社社长助理等。

把大学当成政府衙门的一部分，这是大错特错！

2011 年清华大学百年校庆，坊间出了很多书讲述清华百年辉煌史。我为清华感到有点尴尬，因为讲到清华的威风好像总要回到民国年间。清华创校者之一梅贻琦校长有句名言："所谓大学者，非谓有大楼之谓也，有大师之谓也。"这几年我们喜欢谈论大师，因为现在没有大师了。清华现在有的是"大官"，跟梅校长那个年代有"大师"的清华颇为不同。

当年清华出现过"三赶校长"的风潮，国民政府教育部派来的三位校长都被师生赶跑了。其中有一位罗家伦[1]校长，他对清华还是有点功绩的，但他搞"党化教育"受到学生抵制。有些学生甘冒被记过、开除的风险，拒绝出席早晚点名。"党化教育"推行不到两个月就收场了，改为只限一二年级必修。但学生对"党义课"日益厌烦，置之不理，听课者寥寥，一般老师甚至不愿跟"党义课"老师同桌用餐。最后罗家伦提出辞职，师生们马

[1] 罗家伦（1897—1969），浙江绍兴人。1928 年出任清华首任校长。他促成外交部将庚子赔款使用权归还清华；奠定清华民主治校、学术独立的基础；以学术标准广罗人才，延聘蒋廷黻、张奚若等专家学者任教。1930 年 4 月反蒋的中原大战爆发后，校内党派、人事矛盾重重，罗家伦因南京国民政府的背景而处境艰难，加之一些做法得不到师生认可，被迫于 5 月辞职离校。

上表示绝不挽留。还有一位校长叫乔万选[1]，他在军警保护下企图武力接管清华，学生会组织"护校委员会"在校门外阻挡，居然逼迫他当场撤退，保证不再来接收清华。那个时代的大学生多牛啊！

这不免让人觉得奇怪，政府是不是太窝囊了，连个大学都管不好？校长有军警护着，怎么还让一帮手无寸铁的学生给轰了回去？原来当时清华有"教授治校"的传统，师生共同营造出浓烈的民主气氛。1930 年，中国一度出现南北两个"国民政府"对峙的局面，清华远在北方，南京国民政府教育部鞭长莫及。"驱罗""拒乔"之后，清华有 11 个月之久没有校长，一切校务由校务会议负责处理。

梅贻琦先生起初担任清华的教务长，1931 年 12 月就任校长后，使得清华在不到十年时间内成为具有学术地位的著名大学。梅校长以民主作风闻名，平日里有些沉默寡言，开会时更愿意倾听大家的意见，但轮到他发言时，总能权衡各方利弊，提出一个非常稳健的看法。他在爱护师生方面也是出了名的，至今仍是清华历史上最负盛名的校长。

---

[1]　乔万选（1896—1938），山西清徐人，1919 年毕业于清华。中原大战后阎锡山势力侵入平津地区，1930 年 6 月任命乔万选为清华校长。1930 年 6 月 25 日，乔万选带领卫兵和属员准备武力开入清华，被打着"拒绝乔万选"大旗的清华师生堵截在校门口，被迫当场签字画押以示"永远不再存清华校长的野心"。

　　《一个时代的斯文：清华校长梅贻琦》不是一本精彩的传记，里面罗列了大量材料，比如一些课程设计、规章制度等，看起来好像有点沉闷，不过从这些细节才能看到真实的清华。什么叫教授治校？怎么才算学术独立？如何引导学生真正去追求高深的学问？当年清华对于这些问题都有非常详细的制度安排，很多规矩定得也很严，比如学生入学一律凭考试成绩，梅校长与秘书约定，如有达官贵人写求情信，不必呈阅，不必答复，专档收藏了事。但他会破格录取某方面有特殊天分的人，比如吴晗、华罗庚。

　　1935 年底爆发"一二·九"运动，北京学生纷纷罢课，荒废了学业。次年 2 月，清华学生要求学校免除学期考试，遭到教授会拒绝后，闯入会场闹事。各教授愧于平日教导无方，遂集体向学校请辞。梅校长当时在南京，连忙回复说，学生聚众要挟，行动越轨，导致教授全体辞职，他非常愧汗；诸生举动失当，他要召开大会训诫，有些学生要记过处理。当时国民政府要求把那些学生当成煽动分子来严办，但梅校长最终的处理方法是骂一骂，训话、记过了事。

　　1940 年，清华并入西南联大，在南方偏安一隅。国民党政府要求学校加开《三民主义》和《伦理学》课程，继续进行"党化教育"。西南联大召开教务会议，拟定了一份函件。函件说，教育部对于大学应设课程以及学生成绩考核方法有这么多规定，等于是把大学当成政府衙门的一部分，这是大错特错！"教育部为政府机关，当局时有进退；大学百年树人，政策设施宜常不宜变。若大学内部甚至一课程之兴废亦须听命教部，则必将受部中当局进退之影响，朝令夕改，其何以策研究之进行，肃学生之视听，而坚其心志。"

（主讲　梁文道）

战争与革命中的西南联大

国难当前，教育不死

易社强（John Israel, 1935— ），西南联大荣誉校友，美国弗吉尼亚大学历史系荣休教授。曾师从费正清教授，从事中国现代史研究。著有《1927—1937年中国学生民族主义》等。

这所大学不仅在中国教育史上是个传奇，连西方教育界都觉得不可思议。

假如二战期间，纳粹德国侵入英国，剑桥大学、牛津大学、伦敦大学被迫流亡，逃到爱尔兰寄居，然后联合成立一所大学，那将是一种什么景况？在中国，这种情况真实发生过，那就是抗战时期北京大学、清华大学、南开大学三校南迁合并而成的国立西南联合大学。这所大学不仅在中国教育史上是个传奇，连西方教育界都觉得不可思议。美国学者易社强就对西南联大着了迷，

西南联大

花了很长时间研究它，被西南联大校友会授予"荣誉校友"称号。他写的《战争与革命中的西南联大》是一本最好的西南联大校史，像故事书一样好看。

谈起西南联大，我们对它的歌颂非常多，比如开放、自主、自由、独立等等，但常常忽略了一点，这所从天而降的大学，它跟云南当地人会发生怎样的关系？易社强说，这所学校跟西南内陆几乎是两个完全不同的世界。当一个抹着红唇、烫着鬈发、穿着高跟鞋的女学生，与一个头顶物品、野性未泯的山里人并肩行走时，简直是一种奇观。西南联大迁入昆明不到一年，这座城市已变成外省人的天地，银行和饭店比以前多了，文化界更是一派欣欣向荣的景象，大小书店一天到晚都是翻杂志、看画报的学生。

抗战时期，国民政府教育部增设很多必修课，其中一门是《三民主义》。坚持学术自由的西南联大如何应对这种自上而下的政治教育？潘光旦[1]教授和CC派干将潘公展[2]进行了公开讨论。潘光旦认为，教育者的职责是指导学生如何思考而不是思考什

---

[1] 潘光旦（1899—1967），江苏宝山人，社会学家。1922年从清华毕业后赴美留学，1934年任清华大学社会学系教授，1938年任国立西南联合大学教务长。

[2] 潘公展（1895—1975），浙江吴兴人，1932年曾任CC派机关报《晨报》社长，抗战时期曾任国民党中央宣传部副部长兼《中央日报》总主笔。

么。潘公展反驳说,危机深重的中国已经承受不起混乱无序和优柔寡断,个人自由主义正是造成此种困境的导火索。

国难当前,搞教育重要吗?教学生什么呢?统一思想,拥护政府,还是怀疑政府,追求思想与言论自由?团结一致,稳定大局,还是放任自流,容许开放?这些问题始终伴随着西南联大,也笼罩着当时的学术界。直至今天,类似的讨论还在继续。国民政府发现西南联大不屈服,想了很多办法,其中一个是采取经济手段进行压制:一方面减少政府拨款,另一方面逼迫银行拒绝贷款。但是西南联大是不会妥协的,任何对它的公开攻击都会激起中国知识界一致的反抗。国民党政府一时之间不知如何对付他们。

西南联大由原清华校长梅贻琦主持校政。他平等地对待三所学校,就连清华一个服务社赚来的钱也要平均分给大家,从而造就了西南联大的盛况。当年三校像红军长征一样,从北方迁到长沙,没过多久又迁往云南。有一部分学生是徒步走去昆明的,把车船留给女生和身体较弱之人。这些天之骄子一路历经艰辛,第一次用自己的双脚丈量了湘黔滇大地,第一次近距离地体察到民间疾苦,反思学院教育与现实生活的巨大差距。等他们再回到学校念书的时候,更加奋发努力,在教室、设备、图书馆等硬件设施经常被日军炸毁的情况下，仍然坚持做研究，表现出顽强的毅力以及在逆境中的乐观与豁达。

为免遭轰炸，清华汤佩松[1]先生将农业研究所的昆虫学组和植物生理组迁至昆明西北郊大普吉村。沈同[2]教授与学生在简陋的泥瓦屋里开展动物生理学研究，在户外的高台上用土办法自制蒸馏水，利用简陋设备设计一系列实验，从研究维生素促进红细胞增多效应到检验云南白药的疗效等等。吴大猷[3]教授在小泥屋的临时木架上拼凑出一个简单的分光仪，继续研究拉曼效应。

昆明地下水多，挖不了防空洞，学生只好跑到户外躲避空袭。学校针对空袭规律调整上课时间：早晨7点开始上课，10点午饭过后离开学校躲避空袭，下午3点回来上课，上到晚上6点。对于想连贯讲完课的老师来说，躲避空袭是让人沮丧的事。

---

[1] 汤佩松（1903—2001），湖北浠水人，植物生理学家，中国植物生理学奠基人之一。1938年至1946年在西南联大农业研究所工作，创办了植物生理研究室。实验室三次被炸毁，四次搬迁重建，条件非常简陋，却聚集了许多有才华的青年科学家。

[2] 沈同（1911—1992），江苏吴江人，生物化学与分子生物学家，康奈尔大学博士。1940年到西南联大任教。当时实验室是泥地、土墙、铁皮屋顶，各种实验设备和试剂匮乏，他因陋就简指导研究生搞实验研究。

[3] 吴大猷（1907—2000），广东高要人，物理学家，密歇根大学博士。1934年任北京大学物理学教授，1938年任教于西南联大，李政道和杨振宁都是他的学生。

吴晗就曾经不满学生躲避空袭都跑光了，说学期末要给他们不及格，最后被人劝阻。

西南联大的生活非常艰苦，学生主要吃一种叫作"八宝饭"的东西，里面有糯米、糠壳、草籽、沙砾，有时还有老鼠屎。梅贻琦校长的夫人竟要亲自做糕点在街上叫卖贴补家用。学校厨房的工作人员没地方睡觉，只好睡在食堂里，四人合睡一张床，经年不洗的被罩蒙着一层厚厚的黑色胶状物。

神话般的西南联大是在这种情况下诞生的。只可惜战事结束后，三校回迁北方，政治风云又起，各派势力拉扯学者，使得曾经非常团结友善的学术共和国烟消云散。

（主讲　梁文道）

大学校长林文庆

一生真伪有谁知

严春宝，山东莒县人。哲学博士，客居新加坡十余年，现为海南师范大学南海区域文化研究中心研究员。

在"左倾"的历史书写里,最后他变成一个负面角色,被晾在一边了。

民国年间的大学校长大多非常宽容,往往放任甚至保护学生搞学潮。"五四"以来,学生但凡搞学潮,社会公议多认为是对的。政府一旦镇压学潮,就更加印证了这种看法:政府就是坏上加坏,独裁加独裁,浑蛋加浑蛋。在这种背景下,如果一个校长不赞成学生搞政治运动,会被视为异类。可是如果他真的想提高教学质量,为国家培养真正的栋梁,他就要坚持这种理念。

在中国现代高等教育史上,林文庆绝对是一个重要人物。他是厦门大学第二任校长,第一任校长不到一个月就被学生轰走了。鲁迅曾在厦大教过100多天书,厦大至今怀念他,为他立了雕像。当过厦大16年校长的林文庆反而在很长一段时间被忽略了。在鲁迅笔下,林文庆是一个尊孔的人,在那个年代尊孔就是保守派,想要复古是坏蛋。

林文庆到底是一个什么样的人?《大学校长林文庆:一生真伪有谁知》的作者严春宝在新加坡住过十几年,跟林文庆算半个老乡。林文庆的爷爷是从福建下南洋的华侨,他自己在新加坡著名的莱佛士学院念完书后,到英国爱丁堡大学攻读医

林文庆像

学，在那里碰到了一群中国留学生。林文庆从小在峇峇娘惹[1]
族群长大，懂马来语、闽南语和英文，但是听不懂普通话。所
以当他看到同胞大谈国内时事而自己完全不懂时，便暗下决心
自学普通话，慢慢地把自己教化成为一个真正的中国人。在那
个年代，南洋有一批人经历过这种"再华化"运动，林文庆是
其中的典型。

　　回到新加坡后，林文庆一度从政，担任殖民当局的立法议

---

　　[1] 峇峇娘惹（或称土生华人／侨生），指15世纪初期定居在马六甲、印尼和
新加坡一带的明朝移民后裔，男性称为峇峇，女性称为娘惹。大部分人原籍是福建
或广东潮汕地区，一般与当地马来人混血。他们既继承中国文化传统，又受到马来
人风俗习惯的影响。

员。他设法将华文学校纳入政府体系，以便其获得政府资助，但此举却遭到很多华人误解，说他出卖华校。他在南洋率先种植橡胶，后来很多靠橡胶发财的人都是受他影响，包括陈嘉庚在内。他还发起了很多社会改革，比如注重公共医疗卫生，号召大家剪辫子等。林文庆回福建后，参与创办厦门中山医院，提出了很多关于城市公共卫生建设的意见。无论从哪个角度看，他都是一位爱国华侨，至于保守、尊孔，实际是南洋华人的秉性使然。他仰慕中华文化，渴望回溯源头，却又赶上如火如荼的新文化运动，观念与现实的碰撞让他如何自处？

出资创建厦门大学的陈嘉庚先生是一位侠骨柔肠的新加坡富商，抗战时倾其所有支援祖国。林文庆被陈嘉庚聘为厦门大学校长时，学校尚处于草创时期。然而，他却甘愿放弃在南洋华人社会取得的一切成就，从头开始创业。林文庆的办学标准非常高，入学考试很严格。有人提出，集美学校也是陈嘉庚创办的，跟厦大一脉相承，能不能让集美的毕业生直接升厦大。他断然拒绝。由于不随意扩大招生规模，厦大的师生比例一直很高。比如1926年秋季开学时，全校学生330名，老师75名，平均一个老师配4.4个学生。林文庆到处延聘名师，许多从北平南下的名流学者，如鲁迅、沈兼士、顾颉刚、林语堂、陈万里等，都曾在厦大教过书。

看起来林文庆把厦大建设得很不错，为什么后来会惹出恶名呢？主要是因为两次学潮。1924 年 5 月，因与校方发生争执，部分学生发起罢课运动[1]，而后指控林文庆雇用苦力流氓 500 人围攻闹事学生，甚至打死了 3 个人。严春宝经过详密考证后，发现这件事纯属子虚乌有。当时组织打人的是建筑部主任陈延廷，林文庆毫不知情。虽说他有用人不当、管理不善之责，但把流血冲突的账全记在他头上，则有失公允。1927 年发生了第二次学潮[2]——鲁迅即在此时离开厦大。严春宝先生分析事件原委，认为主要有 3 个原因：第一，林文庆对中国的情况太不熟悉，空有一片热情和善意，想把中国最好的老师从北平请到厦门，却不了解这帮名人、学者之间存有的私人恩怨，比如顾颉刚本来就跟鲁迅有矛盾；第二，厦大文理科之间本来有种种矛盾，林文庆让理科老师当教务长，令文科老师不满；第三，许多外围因素激化了矛盾，导致闹得不可开交。

---

[1]　1924 年 5 月，厦大注册主任、商科主任等 4 位主任接到于 8 月解职的通知书，其中 3 人合约尚未到期，而到期的那位，学生已向校方要求续聘。学生要求校方收回成命，遭林文庆拒绝，遂罢课以示抗议。6 月 1 日校方召开全体职员大会，林文庆没有出席，学生代表很不满。会后建筑部主任陈延廷召集厦大建筑工地几百名工人包围礼堂，殴打并拘禁 3 名学生代表。此次风潮导致厦大教员流失，学生离校，对厦大名声打击很大。

[2]　林文庆重用大学秘书兼理科主任刘树杞，遭到很多教职员工的抗议。1927 年 1 月 6 日，厦大校园出现题为"刘树杞不去，厦大无望"的传单，次日召开全体学生大会，一致通过驱逐刘树杞的方案，1 月 10 日学生全体罢课。鲁迅早在学潮前就已不满厦大，1 月 15 日便离开厦门前往广州。

鲁迅当时为什么执意要离开厦大呢？严春宝认为一个重要原因是鲁迅舍不得许广平，这一点从他俩的《两地书》中可以看出。另外，鲁迅在厦门的生活也不太习惯，觉得吃的、住的样样都不好。此外，鲁迅跟北平来的其他教授，包括跟校方也有点矛盾。有些教授觉得来厦大上当了，起初学校好像很有钱，什么都给得起，还说要资助他们出版著作，结果全部没了下文。为什么呢？没钱。当时陈嘉庚的生意在走下坡路，真是接济不上。林文庆屡屡回南洋募款，学校难以为继。

我觉得作为一个从海外回来的教育家，林文庆真的想办好厦门大学，也真的不想看到学生老是闹运动。在"左倾"的历史书写里，最后他变成一个负面角色，被晾在一边了。

（主讲　梁文道）

消逝的燕京

一流大学兴衰史

陈远，资深媒体人。著有《告诉你文化的真相：道器之辨》《穿越美与不美》等。

　　起初周恩来想过燕京是可以保留的，但抗美援朝一爆发，事情完全不一样了。

　　今天知道燕京大学的人不多了，但它的遗迹还在，像北大的未名湖和那些漂亮的老建筑，过去都属于燕京大学。燕大是一所被历史吞没的大学，连北大有时也不太想提燕京的事。《消逝的燕京》是民间史学家陈远的口述史系列之一，研究做得非常扎实。他认为燕京大学只存在了短短 33 年（1919—1952），却创造了中国教育史上的两个奇迹：一是在不到 10 年时间里，它从一无所有的"烂摊子"一跃成为中国乃至国际知名的一流综合性大学；二是它为中国各个领域培育了不少顶尖人物，譬如 1979 年邓小平访美，21 人的代表团竟有 7 人是燕大出身。

　　燕京大学有一个灵魂人物——司徒雷登，大陆人对他的印象往往来自毛泽东的《别了，司徒雷登》，认为他不过是一个美国传教士，国民政府时期最后一任美国驻华大使，最后被我们轰跑了。司徒雷登 1876 年出生于杭州一个美国长老会传教士家庭，自小在中国长大，曾回美国念书，后来又回到中国继续传教事业，同时兴办教育。1918 年下半年，他在南京金陵神学

司徒雷登像

院干得正起劲，突然被美国南北长老会叫去筹办一所新的综合性大学。

燕京大学由两所教会大学（汇文大学和协和大学）合并而成，当时既没有钱，又烂得一塌糊涂。在燕大初创时期，司徒雷登就已请到洪业[1]、刘廷芳[2]等名师，后来又有顾随[3]、容

---

[1] 洪业（1893—1980），福建福州人，史学家。1923年任燕京大学文理科学院教务长，后任历史系主任、哈佛燕京学社执行干事等。1946年赴美讲学，因中国内战爆发而定居美国。

[2] 刘廷芳（1891—1947），浙江温州人，心理学家、传教士。1921年至1926年担任燕京大学宗教学院院长，兼任司徒雷登助理。

[3] 顾随（1897—1960），河北清河县人，作家、古典文学研究专家。1929年任燕京大学国文系讲师。

庚[1]、郭绍虞[2]、俞平伯[3]、周作人[4]、郑振铎[5]、陈垣[6]、邓之诚[7]、顾颉刚[8]、张东荪[9]等学者加入。真正让燕京大学跻身世界一流大学的是哈佛燕京学社的创立。这个学社至今存在，很多中国人去哈佛大学交流都跟它有点关系。当年美国铝业大王霍尔有一笔巨额遗产捐作教育基金，声明其中一部分用于中国文化研究，由一所美国大学和一所中国大学联合组成基金会来执行。当时燕京大学只是一所名不见经传的学校，通过司徒雷登的运作，居然能够跟世界一流大学并肩。司徒雷登高兴地说："承蒙哈佛当局欣然允诺，将他们那所大学的美好名字同中国一所小小的教会学校联在一起，实在令人感激。"说这句话的时候，司徒雷登完全以中国人自居。

---

[1] 容庚（1894—1983），广东东莞人，古文字学家。1922年经罗振玉介绍入北京大学研究所国学门读研究生，1926年毕业后任教于燕京大学。

[2] 郭绍虞（1893—1984），江苏苏州人，语言学家、古典文学研究专家。1927年至1941年担任燕京大学国文系教授。

[3] 俞平伯（1900—1990），浙江德清人，现代文学家、红学家。1919年毕业于北京大学，1925年至1928年任教于燕京大学国文系。

[4] 周作人（1885—1967），浙江绍兴人，作家。1922年至1931年兼任燕京大学国文系副教授。1938年任燕京大学客座教授，1939年元旦遇刺后辞职。

[5] 郑振铎（1898—1958），原籍福建长乐，作家、翻译家。1931年至1935年同时担任燕京大学、清华大学教授。

[6] 陈垣（1880—1971），广东新会人，历史学家。1923年起在燕京大学神学科（后改为宗教学院）任教。

[7] 邓之诚（1887—1960），字文如，历史学家。1930年至1941年任燕京大学历史系教授。1946年燕大复校再次回校任教。

[8] 顾颉刚（1893—1980），江苏苏州人，历史学家。1929年任燕京大学国学研究所研究员兼历史系教授，1936年任燕京大学历史系主任。

[9] 张东荪（1886—1973），浙江杭州人，哲学家、政论家、报人。1904年就读于日本东京帝国大学哲学系，1930年至1941年任教于燕京大学哲学系。

　　司徒雷登不仅把燕京大学看成自己毕生的事业，也把它看成中国人事业的一部分。1934 年，各地学生运动风起云涌，抗议蒋介石积极内战，消极抗日。北平学生纷纷南下请愿，燕大是北京高校里地下党组织最活跃的大学之一。当时燕大学生也去了南京，校方催促正在美国募款的司徒雷登尽快回来解决问题。司徒雷登回来后，召开学校大会，沉默了两三分钟后说："我在上海下船，一登岸首先问来接我的人，燕京的学生可来南京请愿了吗？他们回答我说，燕京学生大部分都来了！我听了之后才放下心。如果燕京学生没有来请愿，那说明我办教育几十年完全失败了。"

　　陈远在这本书里做了很多跟燕京有关的人物访谈，其中一位是燕京老校友、已故文物专家王世襄[1]先生。王世襄年轻时候很爱玩，不好好读书。哈佛燕京学社每年会派学生去哈佛念博士，他也想去。当时历史系主任洪业跟王世襄一家很熟，看到王世襄不务正业，常常训诫他要好好努力。有一次他跟王世襄说："学校开会讨论去哈佛留学的人选，有人提到你，让我给否了。"王世襄回家告诉父母，父母说："洪先生这样做是对的，你这样贪玩，原本就不该送出去。"

---

　　[1]　王世襄（1914—2009），生于北京，文物鉴赏家、收藏家、学者。1938年燕京大学国文系毕业，1941 年获燕京大学文学院硕士学位。先后在北京故宫博物院、文物博物馆、文物局等单位任职。

除中国著名学者外，燕大还聘请了很多洋学者。红学家周汝昌[1]先生回忆，当时西语系最有名的老师是教授莎士比亚的英国人谢狄克。日本人封锁燕园当天，他没能讲完最后一课。后来他到康奈尔大学任教，战后燕大复校，谢狄克从美国回来，说还要讲一堂莎士比亚的课。

周汝昌重返燕园时，耳朵坏掉了，英文系美籍女教师包贵思安排他坐在第一排听课，并且说："我为了你能听清，会提高声调。"有一次，包老师留作业，他做得非常好，包老师就把他叫到家里吃晚饭。那时候燕大师生的气氛非常融洽。后来这种融洽氛围渐渐变了。1949 年后，针对燕大"崇美、亲美、恐美"的思想，搞了一些"抗美、反美、蔑视美国"的活动。起初周恩来想过燕大是可以保留的，但抗美援朝一爆发，事情完全不一样了。当时老校长陆志韦[2]跟美国人的一封通信被公开，他在信里说，财产还是你们美国人的，你们走了我们要负责为你们把财产

---

[1] 周汝昌（1918—2012），天津人，红学家。他的燕京大学生涯可谓"两进两出"：1939 年考入燕大西语系，因天津老家遭水灾，次年才入学，这是一进燕园。1941 年珍珠港事件爆发，日本人封锁燕园，他回天津，这是一出燕园。抗战胜利后，他要求重返燕园，但校方说复学期限已满，便于 1947 年重新考入燕大，这是二进燕园。1951 年，他离开燕大到华西大学任教，这是二出燕园。

[2] 陆志韦（1894—1970），浙江吴兴人，心理学家、语言学家。1927 年任燕京大学心理学系教授，1934 年任校长。1941 年 8 月因支持学生抗日活动，与多名燕大教职员遭日本士兵扣押，1942 年 5 月出狱。抗战胜利后主持燕大复校工作，1952 年燕大被并入北京大学后，被调到中国科学院语言研究所。

保护好。这种话在当时的政治气氛下当然有严重问题，燕大党支部书记张大中[1]就动员陆志韦的女儿批判父亲。消息传到美国，在美国华人中引起很坏的反响。

张大中回顾说："这样的做法，现在看起来是粗暴的……这些人过去都做过我的老师，老师们的为人我都是知道的，但是在政治上怎么样，我心里也没有底。当时很多燕京人说我：'大中，燕京也是你上学的地方，你怎么不理解这些人？'"在1952年院系调整中，谢道渊[2]先生做过很重要的工作。在访谈中，他说："我不过是个驯服工具。工具嘛，自然是领导怎么说我就怎么做，但是到头来我却做错了。"看着老人有些伤心，陈远没有再问下去。

燕京大学的命运是一大批从民国转向共和国的知识分子命运的缩影，这所西化的大学在那个年代经历的震荡可想而知。

（主讲　梁文道）

---

[1]　张大中（1920—2007），河北景县人。1941考入燕京大学新闻系，太平洋战争爆发后进入晋察冀地区进行地下党活动，1946年任燕大党支部书记，1951年负责在燕大开展思想教育运动。

[2]　谢道渊（1924—　），安徽六安人。1946年考入燕京大学新闻系，1949年至1952年5月任燕大学生自治会主席、团总支书记、党总支书记等，后在北京大学、中国国家图书馆工作。

隐居·在旅馆

茶可道

听茶哭的声音

潘向黎（1966—　），生于福建泉州，上海社会科学院文学硕士。著有《无梦相随》《轻触微温》《穿心莲》等。

它们到底是一种什么滋味？坦白讲，说不出来。

我有时开玩笑说，每次去北京，最头疼的就是喝茶。在北京跟朋友吃饭，饭馆问都不问一声，一上来就给你倒花茶。北方人好像很爱喝花茶，但在南方人看来，这简直是在糟蹋茶，不懂茶的真滋味。

潘向黎跟我想法相同，她在《茶可道》这本书里写了一篇文章《花是花，茶是茶》："我没有地域偏见，唯独在这一点上，觉得是南方人高出一筹，北方人喝一辈子花茶，其实是不懂真茶滋味的。"不过，随后她也有反省："后来读《浮生六记》，'夏月荷花初开时，晚含而晓放。芸用小纱囊撮茶叶少许，置花心。明早取出，烹天泉水泡之，香韵尤绝'，为芸娘的慧心感动，从此对花茶虽敬而远之，但可以坐视别人弃明前龙井而痛喝香片，但笑不语，不再以己之所好强加于人了。"当然，芸娘的花茶不是一般的花茶。

中国的爱茶人，基本上分为两大阵营：一边是绿党，历史悠久，人多势众；一边是乌龙党，一旦加入，忠贞不二。我跟潘向黎一样，两边通吃。虽然我也常喝绿茶，不过更倾向于乌龙党。在中国历史上，乌龙茶其实是一种很新的品种，直到清朝才兴起。很多人觉得它味道太浓、太苦，像中药一样，不太喜欢。

令大家对乌龙茶的印象有所改观的是才子袁枚[1]。他在《随园食单》中说，向来不喜欢武夷茶（乌龙茶），嫌它味道浓苦。有一年秋天，他游武夷山，到幔亭峰、天游寺诸处，当地僧道端茶奉客，"杯小如胡桃，壶小如香橼，每斟无一两。上口不忍遽咽，先嗅其香，再试其味，徐徐咀嚼而体贴之。果然清芬扑鼻，舌有余甘。一杯之后，再试一二杯，令人释躁平矜，怡情悦性。始觉龙井虽清，而味薄矣，阳羡虽佳，而韵逊矣。颇有玉与水晶，品格不同之故"。这里讲到乌龙茶很重要的韵味，就是所谓喉韵。铁观音有观音韵，但它们到底是一种什么滋味？坦白讲，说不出来。

《茶可道》谈到很多茶人、茶具的故事，非常有趣。有一篇文章叫《听，茶哭的声音》，写潘向黎在一家茶艺馆的见闻。有一次她逛一个著名风景区，走进一家茶艺馆喝茶。女服务员眉清目秀，穿着印花对襟衫，一上来就表演茶艺。这个风景区产云雾茶一类的绿茶。茶艺馆里摆着功夫茶的茶具，女服务员煞有介事地介绍每一个步骤，表演得像模像样：先用沸水将茶壶、茶杯等淋洗一遍，这是暖壶；再将茶叶放进壶里，这有个好听的名字叫"乌龙入宫"。可是，这明明是绿茶，怎能说是"乌龙入宫"呢？

---

[1] 袁枚（1716—1798），清代诗人、散文家，性灵派三大家之一。《随园食单》是一部系统论述烹任技术和南北菜点的著作。

接着，女服务员用开水冲茶，将第一遍水倒掉，叫作洗茶；然后立即冲进第二遍水，盖上壶盖后，用沸水不断淋壶身，这叫"内外夹攻"。潘向黎叹道："天哪，这完全是功夫茶的手法，对待'美如观音重如铁'的铁观音一族则可则宜，用来泡娇嫩的绿茶，从何说起！"全套功夫茶程序做完后，这茶就彻底完了。

如今茶艺馆遍布大江南北，可是有几家是真的爱茶、惜茶，以茶会友呢？不是说茶艺馆没有好茶，而是说如果以推销为终极目的，茶味已经染了异味，有的不是清心、闲心、诚心，只有利欲熏心。潘向黎提到"茶礼"的现象。她去茶馆买茶叶送人，有很多花团锦簇的盒子让她挑，上面都印着"茶礼"二字。其实，"茶礼"是聘礼的意思。不管男方的聘礼有没有茶叶，都叫"下茶"，如果女方接受了，叫"受茶"。我们现在一天到晚送人"茶礼"，等于不断给人下聘礼。

还有一件趣事是爱茶人很难想到的：茶曾被戏称为"水厄"。为什么喝茶会变成一种灾难呢？原来，晋朝有个司徒叫王濛，他喜欢喝茶，也喜欢叫他的朋友喝茶。结果每次朋友们去见他，都说："今日有水厄。"可见当时人们还不懂得欣赏好茶。可是，今天的人就懂了吗？茶艺馆给你上演的，不也是水厄吗？

（主讲　梁文道）

茶之书

日本茶道审美

冈仓天心（1863—1913），日本明治时期美术家、思想家，20世纪初旅居英美，著有"英文三部曲"：《东洋的理想》《日本的觉醒》《茶之书》，向西方传播日本文化。

在茶道大师眼里，与自然相容就是最高层次的洁净。

19世纪末20世纪初，亚洲出现了一些很奇怪的思想家，认为亚洲可以是一体的。在这些人中，中国最有名的就是孙中山。他1924年在日本神户发表名为《大亚洲主义》的演讲，诉说以民族解放为中心的亚洲梦。日本则出现了一种很可怕的政治主张——大东亚共荣圈，为军国主义张目。他们觉得西方文明虽然很强大、很威风，但并非终极的、绝对的真理。为了抗衡西方文明，亚洲人应该自有一套。

这种思想的代表人物就是《茶之书》的作者冈仓天心。他是日本一位很重要的美学家、散文家。中国大陆出版过他的一本文选叫《中国的美术及其他》，部分文章就选自《茶之书》。从《茶之书》可以看出，日本人当时有一种想法，认为亚洲文明很美，很了不起，而日本人已将源于东方大国——中国的那一套精致灿烂的文明发展到极致。

冈仓天心给日本茶道下的定义相当漂亮："本质上，茶道是一种对'残缺'的崇拜，是在我们都明白不可能完美的生命中，为了成就某种可能的完美，所进行的温柔试探。"茶室通常不是金碧辉煌的建筑，而是具有高雅品位的房子："茶室以其茅草屋顶，诉说短暂易逝；以其纤细支柱，透露脆弱本性；以竹撑暗示轻微；以平凡的选材，言明无所滞碍。因为将美感投射于如此单纯简朴的环境上，那妙不可言的灵光始能现身于现实之中，而所谓的永恒，唯有在这种精神世界中，才有可能追寻。"

在冈仓天心看来，所谓的永恒，就在这么一个很容易被暴风雨、地震或火山爆发所摧毁的简朴而脆弱的方寸茶室之间。传统茶室的尺寸都很小，也就十平方英尺。此规定源自佛教《维摩经》，维摩诘就是在这样大小的房间里迎接文殊菩萨和佛陀的八万四千名弟子，当真是纳须弥于芥子。

茶室外面的庭院有一条小径叫"露地"，"象征着禅定过程的第一个阶段：进入自明之道。因为它的作用，正是一面将茶室与外在世界区隔开来，一面为人们的感官注入一种新鲜感，以利于完全赏味茶室本身追求的唯美精神。步入万年青的摇曳树影，踏上乱中有序的碎石小路；路边散落干枯的松针，石灯笼上布满青衣。走过这样一条庭径，没有人会忘记自己当初的心情，如何不知不觉地，将所有世俗纷扰抛到九霄云外"。

茶室的门特别矮，不到三英尺高，每个人都要弯下身，跪着爬进去。哪怕是持刀的武士，都要将佩刀留在外面的刀架上，跪行而入。这项设计，是为了陶冶宾客谦冲居下的性情。冈仓天心特别强调，日本人很关注洁净问题。有个茶道大师千利休[1]教育儿子的故

---

[1] 千利休（1522—1591），日本茶道鼻祖，其家族传承十七八代，成为日本茶道的象征。

事。有一次，儿子打扫完茶室外面的庭径，他嫌不够干净。儿子只好继续扫，然后说："父亲大人，已经没有东西好清理的了，小径已经刷洗了三次，石灯笼跟树梢上都洒了水，苔藓和地衣看起来都生气勃勃，洋溢生机；哪怕是一根小树枝，或者是一片落叶，都不能在地上找到。"千利休斥责道："蠢蛋，庭径不是这样扫的。"他步入庭中，抓住一棵树干摇将起来，园内登时洒满红黄落叶，片片皆是秋之锦缎。在茶道大师眼里，与自然相容就是最高层次的洁净。

冈仓天心对中国文化很熟悉，来过中国好几趟，并且每次停留的时间都不短。他说："对晚近的中国人来说，喝茶不过是喝个味道，与任何特定的人生理念并无关联。国家长久以来的苦难，已经夺走了他们探索生命意义的热情。他们慢慢变得像是现代人了，也就是说，变得既苍老又实际了。那让诗人与古人永葆青春与活力的童真，再也不是中国人托付心灵之所在。他们兼容并蓄，恭顺接受传统世界观与自然神游共生，却不愿全身投入，去征服或者崇拜自然。"简单讲，就是中国人对什么事情都不再严肃了。

正是这样一种想法，使得日本一些思想家认为，只有日本才是亚洲文明的精髓所在。我们就能理解，在冈仓天心死后，为什么日本人会发展出那么一种可怕的思想倾向。

（主讲　梁文道）

茶道的开始：茶经

茶的文化滋味

郑培凯（1947— ），山东人，耶鲁大学历史学博士，现任香港城市大学中国文化中心主任。著有《出土的愉悦》《汤显祖与晚明文化》等。

三种难得的经验造就了他写《茶经》的本领。

日本冈仓天心的《茶之书》确实是一本好书，但我见过一些华人作家大力吹捧，把它捧为"茶书之中未曾有"。意思是说，《茶之书》把茶文化带到了一个哲学高度。换句话说，日本人的茶道比中国人喝茶的方法更纯粹，更有哲学意味。

这个说法公不公平呢？我们来看看中国茶书的祖宗——陆羽的《茶经》。《茶道的开始：茶经》是《茶经》的导读本，作者郑培凯教授是香港城市大学中国文化中心主任，喜欢喝茶，也研究茶文化，由他来导读《茶经》再合适不过了。

《茶经》篇幅不长，只有短短七千字，却是世界上第一本谈茶的著作，中国人的茶文化意识由此启蒙。"茶圣"陆羽是个孤儿，两岁遭人遗弃，自幼在寺院中长大。他性格叛逆，不愿出家，离开寺院后，大江南北跟着戏班跑，到过很多地方，喝了很多好茶，能品鉴出什么地方的茶香，什么地方的泉好，什么地方的水妙。后来陆羽接触到文人士大夫阶层，读书向学，陶冶文化修养，提升艺术品位。这三种难得的经验造就了他写《茶经》的本领。

郑教授说，我们今天喝茶的方法跟陆羽当年提倡的方式已经有很大差别了。陆羽非常讲究喝茶的器具，譬如煮茶的小火炉，他说要"以铜铁铸之，如古鼎形，厚三分，缘阔九分，令六分虚中，致其圬墁"。意思是风炉的设计中要融入《易经》元素，考虑五行和八卦，使之成为具有文化意义的茶具。

陆羽拿陆氏茶跟伊公羹做对比，并将两者铸于茶炉上。伊公，就是辅佐商汤王的伊尹。他出身卑贱，以擅烹调汤羹受到重用，成为一代名臣。陆羽自觉出身低贱如伊尹，可他对自己的茶艺自视甚高，认为自己做茶跟伊尹做汤羹一样高明。

然而，有人却批评陆羽不懂茶，说他的品位有问题。当时有一种喝茶的瓷器叫邢瓷，很白很漂亮，看起来很尊贵，可是陆羽不喜欢。为什么呢？唐朝的茶是先做成饼块，用米糕糊起来存放，喝时拿到火上烤干湿气，然后研磨成末，筛好后下水煮开。经过如此折腾，茶汤不是绿色，而呈偏红带褐色，盛在雪白的瓷器里并不好看，反而盛在略显青黑的越瓷里更好看。可见，那时候陆羽就已经开始研究茶具怎么衬托茶汤的问题了。

陆羽对茶具一丝不苟的坚持、对烹茶过程的讲究，告诉我们"饮茶有道"，茶道能达致心灵的超越。这样看起来，中国茶道和日本茶道好像颇为相似了。但郑教授以为，喝茶其实不能抛开它的物质性，而空谈其审美价值。喝茶，喝的是茶，尝的是茶，品的也是茶。日本茶道过于重视仪式，讲究审美，几乎摒弃了味觉品尝的愉悦，不考虑茶叶本身的品味，可谓"无茶之道"。这个说法我觉得很有趣。

（主讲　梁文道）

生津解渴

中国茶叶的全球化

陈慈玉，台湾"中央研究院"近代史研究所研究员。著有《近代中国茶叶的发展与世界市场》《近代中国的机械缫丝工业》等。

印度将鸦片卖给我们，我们将茶叶卖给英国，英国再将棉纺织品卖给印度，形成三角贸易关系。

茶叶原产于哪里？说法不一，一般公认是中国云南一带，还有印度阿萨姆地区。虽然印度也有最古老的原生茶树，但是真正把茶叶传遍全世界的是中国人。

台湾学者陈慈玉写的《生津解渴：中国茶叶的全球化》认为现在世界各国语言对于"茶"的发音，大致分为两大系统：一是源于广东话的 cha 音，比如日语、葡萄牙语、阿拉伯语、俄语、土耳其语；一是源于福建话的 dai 音，比如英语、荷兰语、德语、法语。从这两种不同的语言系统，可以发现茶叶在全球传播的两条路线，比如日本人最初对茶的认识可能源于广东人，而英国人是从福建人那里接触到茶的。

法国人、意大利人、西班牙人爱喝咖啡。英国人最喜欢喝茶，将茶视为国饮，下午茶是他们生活中很重要的一件事。为什么英国人这么爱喝茶呢？其实他们一开始也爱喝咖啡，直到 18 世纪初期世界咖啡产业的变化引起英国人口味的变化。荷兰人于 17 世纪末在爪哇移入咖啡种子试种，然后将爪哇咖啡输入欧洲，价格远低于原来的摩卡咖啡，大受欢迎。如此一来，英国东印度公司进口的摩卡咖啡销量就不好了，转而专攻茶叶。

当时英国人的茶叶主要产地是中国福建。早在 1830 年，东印度公司就想开辟福州为通商口岸。因为英国人喝的是来自武夷山的红茶，当时广州是唯一的通商口岸，茶叶运输只能翻山越岭，先从内河穿过江西南部，仰仗苦力攀越梅岭，然后辗转到达广州。如果武夷山的茶叶顺闽江而下直达福州，不仅运输方便得多，而且每 100 斤茶叶能便宜 3 两 5 钱。所以英国人非常希望开辟福州港，后来通过签订不平等条约，得到了这个机会。

那时候，资本雄厚的洋行、银行，通过预付制的收购方式和控制海洋运输来垄断中国茶叶市场。他们向福建茶商、茶农预付一笔款项，按照预先商定的价格买到茶叶。预付方在茶叶买卖中占据主动地位，加上英国人垄断了通商口岸的贸易，导致中国茶叶在世界市场上不能自主经营。英国伦敦和利物浦的茶叶市场明显影响着中国的茶叶市场。

英国人那么需要中国的茶叶，本来我们可以大有作为，可是为了冲击我们的出口，英国人开始向中国人贩卖鸦片。鸦片从哪儿来呢？印度。印度将鸦片卖给我们，我们将茶叶卖给英国，英国再将棉纺织品卖给印度，形成三角贸易关系。控制整个贸易流程的当然是英国人。

19 世纪 80 年代初，中国茶叶已由卖方市场变为买方市场。当时印度和日本也产茶，英国人在印度和斯里兰卡种植的茶叶味道浓厚，比较适合西欧人茶中加牛奶的习惯。中国茶比较清香淡薄，加入牛奶后会失去味道，不受西欧人欢迎。在这样的背景下，中国茶叶市场日趋惨淡，价格不断跌落。这使得中国茶商和外国运输商人生意亏损。

坦白地讲，在这个过程中，中国茶商也要负一点责任。为了抢占市场，一些中国茶商粗制滥造，导致中国茶叶品质下降。这促使英国人将目光投向印度茶和日本茶，致使中国茶在国际市场上越卖越贱。

（主讲　梁文道）

绿色黄金：茶叶的故事

小茶叶，大帝国

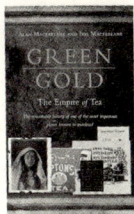

艾瑞丝·麦克法兰（Iris Macfarlane），曾在印度阿萨姆居住20年，经营茶园。

艾伦·麦克法兰（Alan Macfarlane，1941— ），艾瑞丝·麦克法兰之子，英国剑桥大学社会人类学教授。著有《英国个人主义的起源》《日本镜中行》等。

茶叶将大英帝国带向一个确定的方向：往东方和东南方发展。

当今世界最流行的茶，不是中国人喝的茶，而是英国人喝的英式红茶。英国人是怎么学会喝茶的呢？喝茶这个习惯，跟英国最终成为横跨五大洲的帝国有什么关系？

英国剑桥大学人类学家艾伦·麦克法兰的童年是在英属殖民地印度东北部的产茶区阿萨姆度过的。他问自己一个问题，为何英国人会扩张他们的帝国版图到这么远的东南方来？英国人在当地干什么呢？在这本他和母亲合写的《绿色黄金：茶叶的故事》里，母子俩一直在反省他们早年在印度的经历。麦克法兰一家在那里经营茶园，从马克思主义观点看，是通过剥削劳工发家致富的地主阶级。

艾伦·麦克法兰认为，荷兰人和英国人在欧洲人里算是比较爱喝茶的，原因是他们对茶叶的生长地——远东感兴趣，而德国人、法国人、意大利人、葡萄牙人的贸易往来大部分集中在非洲、印度和南美洲，这些都不是产茶的地方。英国人爱喝茶，为什么爱到想去侵占别人的地步？其实，这是一个双向的过程。一方面，英国人大力鼓吹喝茶的好处；另一方面，又想压低茶叶的

价格。怎么办呢？除了跟中国人做买卖之外，他们希望开辟新的
产茶地。

1824 年，英国人从印度加尔各答缓慢行军到阿萨姆。新上
任的行政长官大卫·斯考特再三保证，他们并不是受贪婪的征服
欲望驱使来到这里的，"我们是为了护卫我们的国家而来到此地，
为了不让我们的敌人有任何方式攻击我们"。当时英国的殖民者
还不知道阿萨姆有世界上最早的原生茶叶，也不知道那里适合种
植茶树。他们起初是想在那里开辟一条路线，从阿萨姆进入中国
云南。当时英国人喝的红茶运自福建，云南那边的红茶离东南沿
海比较遥远，英国人希望开辟路线直接进入云南，以方便茶叶贸
易。没想到，他们在阿萨姆意外发现了原生茶种，觉得可以发展
成一个产业。

当时只有中国人懂得茶叶种植技术，印度人不明白，英国人
也不太明白。1836 年 10 月，第一批中国茶工被英国人请到阿萨
姆培植茶叶。没有人问过阿萨姆人对种茶的意见，他们似乎很顺
从，像殖民者说的那样"很听话"，种姓制度使他们缺乏反抗精
神。而开辟茶园的英国人，对工人没有特殊情感，既不爱，也不
恨。他们从未质疑过劳工是怎么来的，也不了解劳工居住在何等
脆弱、简陋的房子里。在他们眼里，这些工人生命很脆弱，仿佛

基因有缺陷；如果逃跑，把他们抓回来鞭打是很应该的。

茶叶贸易影响了英国的海上贸易，也影响了英国的皇家海军、商业资本、银行和信托系统，刺激了英国向茶叶生长的地方扩张，特别是喜马拉雅山区和东南亚。茶叶将大英帝国带向一个确定的方向：往东方和东南方发展。茶叶贸易对东印度公司的影响尤为重大，东印度公司起初是做胡椒和香料贸易的，后来变成茶叶生产商。

可是，大量的茶叶生产和自由贸易并没有让印度工人的生活越来越好。相反，由于中间商盘剥太厉害，工人们的处境悲惨。这就是为什么艾伦·麦克法兰要写《绿色黄金：茶叶的故事》，并且投入阿萨姆的各种福利建设中。这位人类学家要为祖先赎罪。

（主讲　梁文道）

人生必住的酒店

老酒店传奇

蔡澜（1941— ），祖籍广东潮州，生于新加坡，定居香港。作家、美食家、电影监制、电视节目主持人，与金庸、倪匡、黄霑并称"香江四大才子"。

名人留下的足迹，酒店好好纪念了一把。

这些年在专门介绍吃喝玩乐的媒体上，谈酒店和旅馆仿佛成了一种时尚。有些人住过很美妙的旅馆，回家之后就想如法炮制，把家也布置得像酒店一样。这个潮流怎么开始的，我也不太清楚。反正有越来越多的人出书谈这个话题，而且很受欢迎。

蔡澜不是专写酒店的作家，他是个大玩家，文字很朴实，有趣味。他去过世界那么多好酒店，终于有了这本《人生必住的酒店》。蔡澜认为人生必去的酒店，有一家在上海。当年这家酒店开业的时候他就住过，一入住，才发现原来父亲一直怀念的霞飞路就在眼前。

广州如今也是大酒店林立。蔡澜说，比起地理环境和服务，没有几间比得上白天鹅酒店。这间广州最老的五星级酒店建于1983年，20年前蔡澜去住的时候，曾提出要一个香港用的插头为手机充电。以后他每次去住，都发现那种插头就摆在桌上。这种体贴和细腻，恐怕很少有酒店能做到。

蔡澜喜欢的老酒店也包括著名的曼谷东方文华。很多人认为，这是举世第一的好酒店。它有一种叫 Authors' Wing（作家翼）的作家套房，用来纪念曾经入住的大作家，如康拉德、毛姆等。东南亚很多这种洋派、西式的老酒店里都有一些作家或演员套房。
名人留下的足迹,酒店好好纪念了一把。

　　说到东南亚的好酒店,不能不提新加坡的 Raffles Hotel（莱
佛士酒店）。这里充满了作家、名人入住的痕迹,而且别有传奇。
酒店大堂后面有一间很大的桌球室,1902 年有只马戏团逃出来
的老虎误入其中,被酒店请来的猎人一枪打死。Raffles Hotel 最
有名的是它的酒吧——Long Bar。Long Bar 是英国的传统。莱佛
士酒店的 Long Bar 是新加坡司令鸡尾酒的发源地。

　　蔡澜还提到缅甸仰光的酒店,听起来好像有点荒谬。这里有
好酒店吗? 有。不要忘了,凡是过去英国、法国的殖民地,都有
具有殖民地色彩的豪华酒店。蔡澜入住仰光的 Sedona Hotel（诗
多娜酒店）时,发现大堂的英式下午茶仍然用的是当年的银器,
连茶点也依旧是酒店创办时的做法,虽然未必很好吃。

　　当然蔡澜也不忘介绍全世界最有名的巴黎丽兹酒店。当年
海明威很喜欢在这里喝酒,还跟酒保一起发明了鸡尾酒 Bloody
Mary（血腥玛丽）。这家酒店的客房要 9000 欧元一晚,更贵的皇
家套房要 13600 欧元,我们大部分人是住不起的。

（主讲　梁文道）

隐居·在旅馆

身心在此处静谧

叶怡兰（1970— ），生于台南，台湾饮食旅游作家，曾供职多家媒体。著有《享乐，旅行的完成式》《幸福杂货铺》《极致之味》等。

现代人生活在都市，放松身心成了一件很昂贵的事。

有些旅行作家，好像专门为了酒店而生存，为了旅馆而写作。他们选择去什么地方旅行，首先不是看那里什么景点或名胜古迹，而是看有什么好的酒店或旅馆。《隐居·在旅馆》的作者叶怡兰说，过去旅行时，她常常行色匆匆，赶来赶去，觉得很不舒服；后来发现要是能在一家旅馆多住几天，对那里"越来越知晓越熟悉，电灯与设备开关都在什么位置、水龙头转到什么角度水温水量刚刚好、该用什么样的姿势躺入沙发和浴缸最舒坦、早晨的太阳会从什么时间什么角度洒落窗前、旅馆酒吧哪个时段最安静少人，容你安静小酌一杯顺道和闲着没事的酒保聊聊天、向晚时分该坐哪张椅子哪张榻夕阳就会在没入海平面那刻恰恰映入眼帘……"，就能慢慢体会出旅馆的味道。不过，听她这么一说，感觉像是住在家里。

叶怡兰喜欢的酒店是那种让人放松身心的地方。现代人生活在都市里，放松身心成了一件很昂贵的事。你花一大笔钱住在酒店里，什么事都不用做，人家把你照顾得妥妥帖帖，让你舒服得不得了，这种酒店是叶怡兰的最爱。所以，她跟很多人一样，成了"安缦痴"（Aman Junkies）。

安缦酒店[1]在中国开了两家，一家是北京的安缦颐和，另一家是杭州的安缦法云。安缦酒店有一批忠诚的上瘾者和追随者，他们旅行到哪里，都先看看有没有安缦酒店，有的人甚至立志要把全球的安缦酒店都住遍。叶怡兰住进安缦颐和后，真是享受得不得了。她观察这个酒店如何中西结合，结论是："安缦颐和，毫无疑问，是由 Aman 重新诠释、定义过的，属于 Aman 的颐和、属于 Aman 的北京、属于 Aman 的中国。这会儿，我不禁，安心微笑了。"

新西兰现在是个很热门的旅游国家。大概是《魔戒》拍完后，很多人发现这个国家如此美丽，湖光山色，河谷峡湾，还有大草原，到处充满乡野色彩，很多地方都有 lodge（小屋）。叶怡兰介绍的 Huka Lodge（胡卡小屋）是一个历史悠久的顶级度假庄园，跟传统的豪华酒店不一样。她觉得："人在 Huka Lodge，真宛若置身英国乡间的贵族狩猎别墅般，特别在主屋里，色调是深沉的谦逊的无华的，家具与陈设带着久远的绵长的昏黄氤氲的悠悠历史味道，甚至还带有些许粗犷的直率的旷野之气。然再一细察，

---

[1] 总部设在新加坡的安缦居酒店集团（Aman Resorts）是全球顶级度假村酒店，目前在全世界开有 20 多家分店。Aman 的选址往往非同凡响，致力于寻找文化和历史强烈结合的独特自然环境，其内部装修豪华，又风格内敛、低调和含蓄。Aman 的服务素以自然而不着痕迹著称，最经典的"传闻"是安缦会为游客在滚烫的沙滩上洒冷水，其小规模的客房设置充分保证了客人的隐私不受打扰。

在这深沉的悠远的沉默里，透过建筑与器物的材质、细部纹饰、厚重厚实的量体、精心巧妙的铺陈布置，以及经年累月不断累积下的岁月印记，一种雍容的稳重的沉着的笃定的充满自信的贵族气派和奢华感，却在此中，徐徐款款流露。"

如果有住旅馆的瘾，住进去之后乐不思蜀，很多人会选择日本的温泉旅馆。这种旅馆提供的服务是"一泊二食"：你住一晚上，它供应你当日晚餐和次日早餐。午餐怎么办呢？自己出去找东西吃吧。除了中午出去吃顿饭，你就可以足不出户。但它一般也没有什么豪华设施，没有一大堆让你玩的东西，除了泡泡温泉洗洗澡，好像闲得什么事都干不了。

叶怡兰说，就算待在里面什么都不干，你都爽歪了。"我最爱的是，每天，在景观最佳的和室里静静喝茶看书一整下午后，见天色渐暗了，便脱去衣裳沉入微烫露天温泉里，氤氲热气中，看夕阳一点一点从树间隐没入山里；然后，屋外浴池旁，每室皆有的户外火炉就这么在清冷暮色中，温暖而热烈地，静静燃起……令我着实，就要这么，乐不思归了。"

（主讲　梁文道）

旅馆达人

光鲜背后的旅馆内幕

彼得·格林堡（Peter Greenberg），记者、作家、主持人。著有"旅游侦探"（*Travel Detective*）系列图书。

假如一家酒店说它"古色古香",言外之意是天花板吊着光秃秃的灯泡。

这几年陆续有一些在酒店工作过的人出来讲述亲身经历,告诉那些曾经的或潜在的顾客,表面光鲜的酒店都在背后偷偷摸摸干了些什么险恶勾当。坦白讲,这类书我没怎么看过。不过,1967 年有一本揭露旅馆内幕的《旅馆达人》,今天看起来仍觉得趣味盎然。

作者彼得·格林堡是个著名的旅游侦探家,是有资格教人如何鉴别旅馆的专家。他从美国丹佛市一位旅馆经营者那里抄来一份非常好笑的词义表。比如一家酒店说它很"纯朴",那表示它使用原始马桶;一家酒店说它"古色古香",言外之意是天花板吊着光秃秃的灯泡;如果一家酒店说它很"豪华",通常是说澡巾刚好可以把你的腰围起来;假如一家非洲或印度酒店说它充满了"浪漫气息",那八成没有电,你得用蜡烛;如果一家背包客旅舍说它"虽然小,但很温馨",意思是说你的行李箱面积可能比房间还大;假如一家酒店说你住进来之后会"永生难忘",说不定有条被主人当作宠物的蟒蛇正在四处乱跑。

是不是真有这么糟呢?我不知道,但这个观点很有趣。彼得·格林堡专门帮旅游频道或旅游杂志到处跑酒店,后来他找到了一种测试酒店合不合格的方法:进入酒店的餐厅或酒吧,他会点一份可乐，说明不要那种拿喷枪喷装的可乐，要罐装或瓶装的可乐，然后会问服务生有没有这种可乐。他在加州的丽思卡尔顿酒店测试过，结果这家豪华酒店的女服务生说无法供应。他说，你们当然有，因为你们房间里的小冰箱都有，大堂酒吧怎么会没有？女服务生很不高兴，最后给他找来一罐可乐。

后来他去测试加拿大一家只比汽车旅馆好一点的连锁酒店。女服务生说，先生，您在这儿等着我。然后，她穿上大衣，穿越马路，到对面的便利店抱了半打可乐回来。从此，这家比丽思卡尔顿不知便宜多少的小酒店成了他心目中的英雄。酒店不是越贵越好，有时得看你碰上什么人。

彼得·格林堡还提出了一些我过去没想过的问题，比如你已经退房，但又不想那么早离开这个城市，不想带着行李到处转，怎么办呢？通常我们会把行李寄存在酒店前台。但万一你回来之后发现东西丢了，那是谁的责任？通常酒店会说，这不是他们的责任。

这里面有个法律争议的焦点。很早以前，美国有件民事案：有位客人把马匹寄放在旅馆，改乘火车继续旅行。在他离开期间，马匹发生了意外。他把旅馆告上法庭，但法庭认为责任不在旅馆，因为你把行李寄存在旅馆时，已经退房了，不再是它的客人，怎么会是旅馆的责任呢？所以这问题是个灰色地带。你退房之后寄存行李那段期间，到底算不算旅馆的客人？不出事的时候，当然是贵客；出事之后，翻脸不认人。

（主讲　梁文道）

Hotel: An American History

酒店与民主

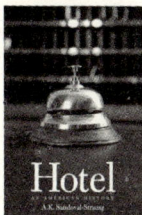

Andrew K. Sandoval-Strausz，美国新墨西哥大学历史学副教授。主要研究领域为 19 世纪、20 世纪美国社会与文化史。

一个普世的好客之道，是人类能够永久和平的前提。

在曾经沦为殖民地的东南亚大城市里，我们会发现一些非常尊贵闪亮的豪华酒店。它们有一个共同特色：向亚洲人宣告，这就是西方文明的结晶，衣冠楚楚地坐在里面拿着银质餐具用餐才叫上流社会。

我小时候见过一些酒店门口放着标志牌，说明穿背心、短裤、拖鞋的人不能入内。在白人眼里，我们中国人总是穿着汗衫、短裤、拖鞋满街跑，很不雅观。在殖民地时代，酒店有时会变成一个所谓的文明教化之地，成为一种教育工具，所以很值得用学术眼光好好探析。

Hotel: An American History 的作者是美国新墨西哥大学的历史学副教授，他用了一些很特别的方法来写美国酒店的历史。他说英国和法国过去在远东殖民地开的豪华大酒店通常有两个功能：首先，这些酒店为殖民地的公务员、商人提供舒适的环境，让他们虽然远在东方炎热的赤道气候中，但仍能感受到家乡般的凉爽、舒适；其次，这种大理石修建的豪华大酒店将所谓西方文明带到蛮荒之地，让殖民地人民好好感受什么叫文明，学一学什么

叫进步。但是，这种文明感受掩饰了一些东西，那就是殖民者是来掠夺资源的，掠夺者却装扮成文化的教育者、无私的奉献者，很令人讨厌。

美国的酒店史跟欧洲的酒店史有相似之处，都代表一个系统的扩张。欧洲在世界各地的酒店随帝国主义的扩张而开张，美国酒店先是在偌大的国土范围内拓展，扮演着近似殖民先锋队的角色。美国西部片里的蛮荒小镇，它的核心是什么？不是警长，而是一家小旅馆，楼下是酒吧，楼上是客房。大家在楼下玩扑克、喝酒，突然有人推门进来，所有人都安静下来，瞧瞧是哪个家伙来了；然后，楼上的姑娘下来招呼客人……在西部片里，我们看到白人挺进印第安原住民居住地的殖民过程。

全世界的酒店服务系统是美国人发明的。酒店不只是一个城市的地标，也是旅游大网里的一个节点。节点之间彼此效仿，随着流通的频繁而日趋相像。全世界酒店连进门开关的位置都差不多，让你在陌生的地方有熟悉感。美国有一个州议员是酒店门房出身的黑人，他1848年写了一本书呼吁酒店形成系统化服务。后来美国一个叫E. M. Statler的人终于将酒店带入新境界，不再是欧洲式的豪华大酒店，而是像福特生产汽车一样，以流水线的方式提供酒店服务，让一切都标准化。我们在世界各地酒店吃的早餐都差不多，就是这帮喜欢搞系统化的美国人确立下来的规矩。

世界各大文明都非常强调好客之道（hospitality），要好好款待他方远来的游客或异乡人。这种 hospitality 普世存在，但不容易实现。过去一些小城镇往往对异乡人抱有猜疑甚至对立的情绪。因此，酒店之有无，也表明了一个社会经济、政治、文化是否开放。当一个地方开了旅馆，就表示这里准备接受外来者了，准备对陌生人施展好客之道了。如果一个地方开的是大酒店，表示这里相当开放。我们不要小看这一点，连康德在《永久和平论》[1]里都提到，一个普世的好客之道，是人类能够永久和平的前提。如果我们到世界上任何一个角落，都能够跟当地人和平相处，那就有可能构成普世和平的基础。

把酒店的出现、广布和蔓延跟民主进程扯在一起，听起来很吓人，其实一点也不。这本书就谈到酒店跟美国民主的关系问题。美国人特别喜欢结社，诸如桥牌社、妇女会、戒酒会等。人们按照自己的兴趣、习惯、政见形成各种小社团，有自己的一套生活

---

[1]《永久和平论》写于 1795 年，是康德后期的重要作品。康德提出各国之间走向永久和平的三项正式条款，第三项是"公民权利将限为以普遍的友好为其条件"。所谓友好，是指一个陌生者并不会因自己来到另一片土地而受到敌视的权利。这不是一种做客的权利，而是一种访问的权利。这是因为，人具有"利用属于人类所共有的地球表面的权利"。

方式进行自我管理，这是所谓公民社会的一个基础。早在美国还是英国殖民地的年代，美国人就享有广泛的结社自由。

在这样的社会背景下，酒店的角色很重要，它不只对外来客人开放，还是一个服务本地人的场所。我们去酒店参加婚礼、去酒店喝下午茶、去酒店款待来宾，酒店成为本地社会的一个活动中心。许多非商业的公民活动也习惯在酒店搞。早年美国人喜欢听演讲，那些名流、学者、大师的巡回演讲在什么地方搞呢？当然是酒店！他们吃住在楼上，会客在咖啡厅，演讲就直接在大厅里举行。渐渐地，以酒店为中心形成了一个广泛的、带有政治色彩的网络。

美国建国时国土广袤，麦迪逊[1]担心以前民主这个东西在比较小的国家才能实现，比如古希腊的雅典，像美国这么大的国家怎么搞民主？民主需要所有公民彼此熟悉，所有公民有一种社群感，最好能够形成面对面的关系。在《联邦党人文集》[2]里，麦迪逊说将来这个国家要想更好地统合，恐怕需要通过一些新发明来实现，新发明必须在所有公路和所有海岸都能够款待所有游客，

[1] 詹姆斯·麦迪逊（James Madison，1751—1836），美国宪法之父、美国第四任总统。

[2] 《联邦党人文集》是詹姆斯·麦迪逊、亚历山大·汉密尔顿和约翰·杰伊三人为争取新宪法通过，在纽约报刊上共同以"普布利乌斯"为笔名发表的一系列论文，而后结集出版。

让大家方便往来。可见酒店和交通是多么重要。

美国第一任总统华盛顿进行全国旅行时,跟过去欧洲国王出巡住在地方贵族的庄园不一样,他都是住在小旅馆里,把马系在旁边的马棚,然后面向当地民众进行演讲。这开了美国政治人物巡回演讲的传统。酒店也就像当年欧洲的咖啡馆、沙龙一样,成为美国公民的社会公共空间。

（主讲　梁文道）

隐私不保的年代

我爱偷窥

过度分享成时尚

霍尔·尼兹维奇（Hal Niedzviecki），美国社会评论家，现居加拿大。出版过多部评论小书，如《哈啰，我很特别：个人性如何成为新的服从性》《我们也想分杯羹：大众文化的底层渴望与再创》。

我们想方设法让别人认识自己，即使是以浅薄、淫荡、放浪的面貌出现也在所不惜。

这个时代的关键词是"分享"。我们在网上分享所有的东西：今天天气怎么样，我去过哪里旅游，我在哪儿吃晚饭，我最近遇到什么趣事，我坐公交车迟到了，我家的厕所坏了……我们详细记录从早到晚干过的事，不仅有文字记录，还有图像。但这些东西真的值得分享吗？别人爱看吗？奇怪的是，我们还真的爱看。到底怎么回事？

《我爱偷窥》英文版叫 *The Peep Diaries*（《偷窥日记》）。作者霍尔·尼兹维奇是一个美国社会评论家，根据此书主题拍过一部纪录片 *Peep Culture: The Documentary*，里面有一段旁白："小时候，父母总告诉我，不要偷窥别人的窗户，他们也叫我把窗帘关上，别被邻居一览无遗。接着，网络出现了……我们花越来越多的时间观赏数百万陌生人的生活，我们还邀请陌生人研究我们生活中的私密细节，我称此现象为'偷窥文化'。简单说来，我们是一群痴迷的名人崇拜者，设法吸引人们注意，但我认为不止如此，让自己被大众消费，目的是让我们开心，让我们与大众接轨，得到归属感。"

霍尔·尼兹维奇说得没错，不光美国人，中国人现在也热衷上演各种"真人秀"。《非诚勿扰》魅力大到潜逃多年的通缉犯宁愿冒着被逮捕的危险也要跑上去相一趟亲，公务员冒着被人揭发贪污的风险公然说自己私下其实挣了不少钱。把自己秀出去的诱惑太大了，以致出现这种荒唐场面。早在 2008 年，美国著名的《韦氏新世界词典》就票选出一个年度风云词——overshare（过度分享），描述这种自我揭露过多个人资讯的现象。

在这样一个时代，我们是不是真的想成为明星？霍尔·尼兹维奇认为，大多数人并非想成为超级巨星，只是想满足一种需求，一种现代社会似乎已经无法提供的东西。这东西过去由实体的社区来提供，现在没有了。什么东西呢？对我们作为人存在的认可。有些学者发现，写博客的人可能比较不满意自己的交友情况，觉得无法融入社会，归属某一社区的程度较低；通过写博客，他们觉得自己不像以前那么孤单了，有了归属感，对网络世界的交友情况感到更快乐。快乐就爽了，爽了就好了。微博、Twitter（推特）、Facebook（脸谱）也一样，我们会上瘾是因为它提供了很低期望值的人际联结。过去我们要融入社群，通过社交获得自我存在感，那是一个时间成本很高的方式。现在不同了，我们想认识一个朋友，只要联系上他，关注他，他就是我的朋友。如果不喜欢他了，一秒钟之内就按下按钮跟他绝交，而且不用付任何代价。

在今天这个高度组织化、严格受控的社会，我们从哪里找回自我存在的感觉呢？怎么证明自己的存在价值呢？霍尔·尼兹维奇认为是通过 "Peep Culture"（窥视文化）。讽刺的是，我们企图秀出的不是自己有多么特别、多么优秀，而是我们有多么普通、多么平凡，多么需要日常生活的人际互动。我们想方设法让别人认识自己，即使是以浅薄、淫荡、放浪的面貌出现也在所不惜。我们在身上穿孔，污名化自己，绝望地希冀别人注意到我们是罪犯，是帮派分子，是社会放逐者。我们无法再依靠过去不超过 150 个人的传统人际圈子来告诉我们：你是谁？你该信任谁？你该怎么过日子？现在我们需要更大的集体来帮助我们。

为什么中国这几年出现这么多网络红人？大家都觉得好笑，难道他们自己不知道在镜头前搔首弄姿是在献丑吗？难道他们不觉得自己可悲吗？不，他们宁愿用这种方法让别人注意到他们的存在。在他们眼里，你不被注意，你就不存在。

芬兰有个年轻人在 YouTube 上传一段背景音乐为《流弹》的

视频，预言某所中学将有大屠杀事件，然后就真的制造了校园枪击案[1]。最近几年，很多疯狂连环杀人案的一个不可缺少的元素是，杀人犯在动手之前先给自己拍片，甚至在作案的同时拍片。在他们眼里，如果不拍片，别人看不到，杀人就白杀了。

（主讲　梁文道）

---

[1]　2007 年 11 月 7 日，芬兰发生"约凯拉校园枪击事件"，导致包括凶手在内 9 人死亡。佩卡—埃里克·奥维宁（Pekka-Eric Auvinen）是约凯拉中学一名 18 岁男生，事发前几个小时将一段名为"约凯拉高中大屠杀"的视频上传至 YouTube，以德国摇滚乐队 KMFDM 的《流弹》作为背景音乐。

隐私不保的年代

侵犯隐私无所谓？

丹尼尔·沙勒夫（Daniel J. Solove），美国华盛顿大学法学院教授，国际隐私法专家。著有《数字人：在信息时代中的科技与隐私》《完全曝光：隐私与安全的虚假交易》等。

没有隐私，我们就没办法畅快说出坦白的话，言论自由可能也就不存在。

名声这个东西，在我们这个年代越来越难保住。尤其是微博时代，各种各样奇奇怪怪的飞短流长层出不穷。这些谣言，你能够去证实吗？你能够去澄清吗？你甚至不知道它们从何而来，要往哪儿去。

《隐私不保的年代》英文版叫 *The Future of Reputation*，原意是"名誉的未来"。在人的声誉或名誉问题里，隐私是很重要的一部分内容。作者丹尼尔·沙勒夫引用一位法学教授的话说，名声是一种财产，有时可以兑换成直接可见的利润。例如明星用他们的公信力、公众认知度押宝在某个商品上，就是利用名声在投资。作者还引用另一位法学家的话说，诽谤法所保护的尊严是全体成员的尊重与自尊。也就是说，我们把名声不只看成财产，甚至看成尊严，我们愿意保护自己的尊严，也愿意尊重他人的尊严。这就是为什么从前欧洲人觉得名誉受损时要跟人决斗，他们认为这是保存自己名誉的一种最光荣的办法。

我们这个时代的名誉出现了什么问题？我举一个很简单的例

子。1996年，有一个关于美国很有名的时装设计师汤米·希尔费格[1]的谣言在网上流传。谣言说他曾经说，如果我早知道非裔美国人、西班牙裔人、亚裔人会购买我的衣服，我不会把它们做得这么好。谣言还说，他在奥普拉脱口秀说了这番话，当时奥普拉生气了，要求他离开。这个谣言使希尔费格公司立刻陷入困境。事实上呢，他不仅没这么说过，甚至根本没上过奥普拉的节目。可是这个谣言直到今天还在网上流传。

在互联网时代，谣言散布的范围和强度永远大过你对谣言的澄清。这是人性阴暗的一面，我们都喜欢听谣言，宁愿听一个明星的性丑闻，也不愿相信原来它是假的。过去人际交往的圈子有限，我们长期跟某个人相处，对他的人格有比较完整的认识，可以判断哪些传闻是真的，哪些是谣言或八卦。但在今天互联网资讯发达的时代，我们阅读某位陌生人的网上报道，很难知道完整的故事，只有片断资讯，然后就去嘲弄和责备他。

有些法官认为，一个人隐藏不光彩的私人隐私，无异于商人隐藏商品的瑕疵。但是，问题出在哪儿呢？网络上大量流言蜚语真真假假，我们愿意下功夫去核实吗？通常我们不会去追究真

---

[1]　汤米·希尔费格（Tommy Hilfiger，1952—　），时装设计师。1985年推出以自己名字命名的男装，如今成为美国著名休闲时装品牌。

相，甚至认为就算有些东西是假的，那又如何呢？米兰·昆德拉
说，任何男人如果在公开场合与私下生活是一样的，八成是个怪
物，他在私人生活中将没有自发性，在公共生活中则没有责任
感。也就是说，你今天就算被人拍到某些私生活，或者被人知道
你私下满口粗话，那又如何？难道我们要求一个人在家里也正儿
八经，或者夫妻在床上说"我们来敦伦一下好吗"？

以前人们做错事，受到的处罚是一种名誉上的摧毁。比如
一个女人是妓女，人们可能会在她身上烙印，让她走到哪里都被
人耻笑，甚至拿石头砸她。现在看，这种做法太不文明了。以
前罪犯不但要坐牢，脸上还要被刺字做标记。今天我们也知道这
样做不人道。可是，我们难道没见过新时代羞辱人格的方法吗？
2005年，韩国有个女孩带着小狗搭地铁，小狗在车厢里拉屎，
女孩不清理狗屎就扬长而去。这一幕被网友拍下来，通过网络传
遍世界。上千万人谴责、辱骂这个女孩，还有人进行人肉搜索，
逼得她躲在家里不敢出门，后来患上抑郁症。所有从事这些攻击
行为的人，大概都觉得自己是正义的。丹尼尔·沙勒夫说，这些
人叫作"规范警察"。

我们需要规范警察去强制人们执行社会规范，比如有人不
排队，你不斥责他，不叫他好好排队，那排队这个社会规范就没

用了。但是，问题出在这个规范该由谁来执行，该怎么执行，执行到什么程度才叫合理。像"狗屎女"做错了一件事，人们对她大肆攻击，毁掉她的心理，在我看来，这更像是你把我的门牙打掉，我不只以牙还牙，还要干掉你全家。

历史上，刺青、烙印、标记这些羞辱性惩罚，是以做记号的方式来降低人的身份，而且是终身的。现代人在网上遭受的羞辱，也类似于生命被做了记号，而且是一个永远的记号。至于这个人将来会不会赎罪，会不会改过自新，我们并不关心。所以现在有人说，将来我们不可能去选总统，因为我们所有的言行都被记录在案。一个总统候选人如果中学时代交女朋友脚踏两只船，或者抽过大麻，或者偷瞄过别人的考卷，这些都可能成为政敌攻击的武器。至于后来你是不是改过了、忏悔了、完全不一样了，已经不重要了，那个印记永远留在那里了。

所以这是个"一失足成千古恨"的年代，以前古人犯错之后可以改名换姓，搬到别的地方住，现在不可能了。可是，一个连小学生都不能犯错的世界又是什么样的世界呢？丹尼尔·沙勒夫是隐私法领域的专家，他试图从法律角度解决这个问题。不过这是一个矛盾，用法律或政府强制的方式来清理网络不良现象，是不是对言论自由的侵害？

国际普遍认为，关于公众事务的言论应该享有言论自由。比如我们批评一个官员或一项政策，这关乎公众事务，应该享有言论自由，保障我们可以说这样的话；但假如我们说某个人私生活不检点，而这个人又不是公众人物，就不能这么随便说话了。当然也不是说捂着别人嘴不准人说话。问题是，假如个人的自由伤害到别人的隐私或名誉，而且是不合理的伤害，怎么办呢？丹尼尔·沙勒夫指出，隐私并不只是保护人们从事不合常规的性生活而已，隐私还可以让人们对可信任的人透露不受欢迎的意见而不用担心社会评价或遭受攻击；如果没有隐私，我们是很难诚实表达意见的。

设想一种情况：有人在公开场合乖乖的，但私下跟三两好友聚会时言论很反动，如果好友把他的话记录下来公布到网上，会有什么后果？结果就是对他言论自由的打击。不保护隐私，有时候就是不保护言论自由。没有隐私，我们就没办法畅快地说出坦白的话，言论自由可能也就不存在。

今天中国常常出现这种画面，比如拍到某快餐店的服务员或某列车上的车长，然后发布到网上，冠以"全国最美女服务员""全国最美女列车长"。一般而言，我们会觉得这是赞美之举，被赞的人会很高兴。可是把她的资料全部公开，你怎么知道人家

愿不愿意呢？她想不想让别人觉得她是全国最美的，这点都有疑
问。有人说，她在工作场合被我拍到，我又没跑到她家去偷拍，
而且她的资料是从公共网站上搜集来的，不是去偷去抢来的。问
题是，隐私跟公共的区别真的只是场合吗？有时候你在公共场合
做一些事，但你并不想在网上散布，弄得所有人都知道。比如你
每天上下班的路线都是在公共场合，但你的路线被人查出来公布
到网上，你会不会觉得隐私被侵犯呢？

（主讲　梁文道）

搜索引擎没告诉你的事

总是撞见你自己

伊莱·帕理泽(Eli Pariser，1980—)，网络政治先锋。与人合作创办 Avaaz.org，乃全球规模最大的公民社团之一。评论经常刊登在《华盛顿邮报》《华尔街日报》的民意论坛版。

　　大家来来去去看到的东西，都是跟自己想法差不多的人说的话。

　　互联网给我们带来很多好处，让我们在手指跳动之间就能迅速掌握世界各地的资讯和知识。理论上讲，我们会比父辈更准确、更全面地认知世界。可是，真实情况未必如此。

　　在流行写博客、上论坛吵架的年代，我就观察到一个现象，上特定网站、论坛、博客的也就那么几个，大家去那些地方是因为志趣相投或者政治立场相似。比如有的人喜欢乌有之乡，有人喜欢凯迪，而喜欢凯迪的人绝少去乌有之乡，喜欢乌有之乡的人也不会去凯迪。于是，大家来来去去看到的东西，都是跟自己想法差不多的人说的话。那些跟我们不一样的人，他们的意见很难进入我们的视野。

　　在这种情况下，我们可能会割裂得越来越严重，可能会在自己的小圈子里越来越激进。今天有一个网友说，某某人不像话，我们要怎么怎么做；第二个网友说，对，我们明天就上街吧；后面的网友接着说，上什么街，干掉他！我们就这样变得越来越梦幻，到最后不可收拾。

·　　看了《搜索引擎没告诉你的事》，我发现如今的情况比几年前还糟糕！作者伊莱·帕理泽在前言中指出一个改变世界的重要事件，这件事当时大家都没太注意。2009 年 12 月 4 日，Google（谷歌）官方博客出现一篇文章，宣称今后大家都享有个人化的搜索服务。从那天早上开始，Google 运用 57 种信号，根据你登录网站的地理方位、使用的浏览器、用过的搜索词等信息来猜测你的身份，揣摩你喜欢的网站，预测你的需求，从而调整搜索结果。

这意味着什么？你和家人、朋友输入同一个搜索词，搜索结果显示的条目却不一样，甚至条目数量也不一样。怎么会这样？难道搜索引擎不是按照点击率来排名吗？不，它现在按照你过去使用网络的习惯和爱好来推测你想看到的信息，这就叫个人化服务！本来这是很多人梦寐以求的境界，不用再跟几亿人看同样的电视节目，而是考虑你的需要、口味、偏好，量身定做一个专属于你的电视台。互联网的发展逐步实现了这个梦想。

可是，这会导致什么状况？比如在香港用 Facebook 的人比较多，我发现越来越多的人不看报纸、不看电视，他们的新闻来自 Facebook 上面的朋友。这些提供、分享信息的朋友，背景相近，兴趣爱好也相近。换句话说，这样一群朋友提供的东西都差不多，他们永远不知道圈子以外的世界是什么样的。

伊莱·帕理泽说，他的政治主张偏向左派，但他也喜欢听听保守派的想法，甚至设法结交了一些保守派，列入他的 Facebook

朋友行列，想通过网页链接阅读他们的见解。但他注意到，保守派的链接从未出现在他的头条动态消息，为什么？Facebook 聪明的人工智能搜索引擎为他量身定做了一个世界。伊莱·帕理泽认为，在这种情况下，我们每个人都像过滤罩一样，来来去去关注的是你自己那个世界，整个网络世界里就你一人。

全世界媒体都有自己的立场，比如你买《环球时报》时，大概知道会看到什么。但你不知道 Google、百度的立场是什么，不知道它们给你设定的世界是什么，久而久之你会变成什么样？我们没办法打破自己的小世界去知晓别人的信息，面对新刺激、新消息来源的可能性减少了，求知欲降低了，所谓民主、公民社会变得不再可能。

这种情况发展到最后，不只政治退化，连创意也跟着减少。想想看，一个小孩从小到大获得的资讯都是他的小世界提供的，他不会暴露在一些未知的领域，没有机会接触新观念、新想法，怎么产生创意呢？

（主讲　梁文道）

你不是个玩意儿

被互联网奴役的人

杰伦·拉尼尔（Jaron Lanier，1960— ），生于纽约，计算机科学家、视觉艺术家，虚拟程序设计领域的先驱。VPI Research 公司创始人。

集体智慧打破隔膜之后，未必更有创意。

我注意到一个现象，过去十多年来，很多数字文化先驱对数字文化的走向表现出忧虑和怀疑。比如最早提出"Virtual Reality"（虚拟现实）概念的杰伦·拉尼尔，就写了本《你不是个玩意儿》（*You Are Not a Gadget: A Manifesto*）来警告我们。

拉尼尔是个多媒体艺术家，利用电脑做了很多音乐实验。二三十年前他发明"虚拟现实"这个概念后，一直很努力地设计各种软件、硬件，跟很多工程师合作，希望做出更好的虚拟现实界面。但就是这样一位数字文化先驱，竟写书警告大家。比如，我们相信维基百科会比《大英百科全书》更好用甚至更准确，所谓 Web 2.0 一定胜过 Web 1.0，他对这类说法都持保留意见。从这个角度说，他是一位卢德主义者[1]。

拉尼尔觉得今天我们过度夸赞的很多东西都有问题。比如我们热衷在互联网上制造各种碎片，想要创造一种"蜂群思维"

---

[1] 1811 年，以内德·卢德（Ned Ludd）为首的英国失业纺织工人捣毁纺织机，认为这些大机器导致他们失业。卢德主义者用来指那些对新技术持质疑乃至抗拒态度的人。

（hive mind），或者叫作"自悦"的东西。这两个词是指以互联网为基础的新型超级智能，相信无名大众中有创造力的人聚集在一起做出来的东西会越来越好，而且能使我们得到更准确的信息。比如我们把所有的书都数字化放到网上，那样我们就拥有了一个 Universal Library（全球图书馆）。拉尼尔的老朋友、《连线》杂志创办人凯文·凯利（Kevin Kelly）就认为，把世界上所有的书都扫描下来放进覆盖全球的计算云，使它们变得可搜索和重组，成为一整本大书，这不仅是件有益的事，更是道德义务。但拉尼尔认为，假如全世界的书都变成一本大书，写书还有什么意思呢？作者会变成什么概念呢？读书还能读到创见吗？任何一本书，哪怕汇集了"云"上所有的知识，如果成了人们唯一的读物，都将是人类的悲剧。

拉尼尔还说，当年互联网一出现，传统媒体帝国开始走向一条可以预知的衰败之路。比如大唱片公司都垮台了，许多先锋音乐人欢呼，觉得他们以后会创作出更多新东西。但事实上，这些年互联网上有原创的好音乐吗？也许有。但它们成功吗？音乐人摆脱传统的发行模式，以互联网为基地，成为收入可以满足基本生活需求的职业音乐人，这种成功的例子少之又少。

很多人说互联网时代产生了很多创意，拉尼尔认为这些人搞不清楚一级产品和派生产品的区别。一级产品是指那些很有原创力的作品，而派生产品就是我们常见的"恶搞"——很多人会昧着良心说这种恶搞多有创意。拉尼尔说，20 世纪 60 年代的音乐一听就知道，90 年代的音乐一听就知道，但你能说出 21 世纪的音乐风格是什么吗？好像只有复古而已。

前几年在一个自由散漫的小型论坛上，美国科学家讨论过物种之间的隔膜问题。学者们假想，最早我们有一个伊甸园时代，所有物种的基因四处流动，但在物种的演化过程中，隔膜发生了，新物种出现的机会减少了，比如背上长翅膀的人类就没有进化出来。于是有学者构想，也许今天我们可以把各种基因排序公布在网上，大家任意组合，一起过上帝的瘾，创造出一些前所未见的物种。拉尼尔认为这种想法非常危险，而且不真实。

拉尼尔说，他要向隔膜致敬。我们以为在互联网时代，创意来自于信息的自由流通，什么东西都应该是开放的。可是不要忘记这几年最成功的电子产品——苹果系列，恰恰是非常不开放的封闭系统。开源运动[1] 的支持者称比尔·盖茨是邪恶的人，但问

---

[1]　开源运动提倡开放源代码、信息共享和自由使用，认为如果跟随 Windows 或者任何一种封闭式专有系统的脚步，计算机人士就永远无法掌控自己的发展方向和技术路线。

题是，如果真按他们的意思开放，会出现什么结果呢？也许某种病毒会被制造出来，然后毁灭全球网络只需一天时间。

所以，封闭未必是坏事，有时候也许是好事。比如写书，如果写书都是在网上开放进行的，写作过程大家都会看到，随时给你反馈意见，那还能叫有创意的作品吗？你不断回应别人的要求，反而会削弱独立思考的能力。所以，像维基百科的编辑战争固然可以辨出很多事实真相，但未必更有助于创意的产生。也就是说，集体智慧打破隔膜之后，未必更有创意。

将一切东西都数字化，用数字化语言包装出来的世界，有时会变得非常危险。拉尼尔提到，在2008年的一场会议上，马萨诸塞大学、华盛顿大学的两位研究者分别发布论文，声称他们花了两年时间研究出使用手机技术去破坏病人心脏起搏器的方法。也就是说，你可以远程打一个手机去关掉远方某个病人的心脏起搏器。这种攻击人的方法，甚至在科幻小说中都没有出现过！

在数字时代，人性中邪恶阴暗的一面很容易滋长出来。拉尼尔发现，他在网上很容易跟人吵架，因为双方都处于匿名状态，哪怕吵输了，换个马甲重新上阵就行了。但同样的情况在现实中不会发生。越接近真实生活，人们好像越友善。当真实互动的东西全部被拿掉之后，人们也许就想用手机去关掉某个病人的心脏起搏器，而且觉得好像也不是什么太大的道德问题。

（主讲　梁文道）

全民书写运动

人人都是信息生产者

约翰·哈特利（John Hartley），澳大利亚传播与文化研究学者，著有《文化研究简史》《创意产业读本》等。

在这个时代，我们变得更主动了。

电视、电影、广播、报纸、杂志这些媒体，构成一个很庞大的媒体产业或文化工业。传统观点认为，这种文化工业跟观众、听众、读者的关系是，一方是传播资讯或灌输意识形态的传播者，另一方是被动等待看电视、听广播、读报纸的受众。

1957 年，一本划时代的书出现了，它就是英国文化研究的创始人之一理查德·霍加特[1]写的 *The Uses of Literacy*，直译为《识读能力的使用》。这本书告诉我们，受众并不都是被动的，不是你灌输我什么，我就接受什么；相反，一万个人看一部电影会有一万种效果，因为受众会主动地解读。受众能够透过被动的表象，主动去诠释从大众文化工业里接收到的信息，并透过这种诠释去传达自己的情感，表达自己的看法。这就是为什么同样看一部宣传片，有的人感动流涕，有的人会满脸坏笑。

《全民书写运动》（*The Uses of Digital Literacy*）试图继承这样一个传统，考察我们这个时代受众的新角色。作者约翰·哈特

---

[1] 理查德·霍加特（Richard Hoggart），英国学者，1964 年创立伯明翰大学当代文化研究中心。*The Uses of Literacy: Aspects of Working Class Life* 被认为是英国文化研究的奠基之作。

利也是文化研究领域一个重要人物，1978 年曾与约翰·费斯克[1]合著《解读电视》。这本书在当年引起很大反响，但坦白讲，我对他们的观点有所保留。《解读电视》告诉我们，千万别小看在商业文化下成长起来的年轻人，他们其实很有主动性，会在牛仔裤上面剪洞、画花纹、贴东西来表现个性。但我认为，如果把年轻人这些举动叫作反抗的话，这种反抗有什么意义吗？某个牌子的牛仔裤明明是大量复制的工业产品，穿上去怎么能表现自我？

约翰·哈特利在《全民书写运动》中强调时代变了。"Digital Literacy" 翻译成中文是 "数字素养"，就是我们在数字时代应该有的一些素养，比如使用电脑等各种电子沟通工具。约翰·哈特利认为，今天每一个受众既不是被动的信息接收者，也不是主动的信息诠释者，而是信息生产者。我们可能会拍一段视频放到YouTube，可能会在接收媒体信息之后重新剪辑恶搞，甚至发布很多意见和评论。现在有多少人只看而不发微博呢？有多少人只看 Facebook 的留言而什么都不谈呢？不，我们接收信息的同时也生产信息。在这个时代，我们变得更主动了。

然后，约翰·哈特利提到一个很重要的问题。19 世纪、20 世纪我们在学校教育上投入很多资金，希望每个人起码能看懂文

---

[1] 约翰·费斯克（John Fiske, 1939— ），生于英格兰，毕业于剑桥大学，西方当代大众文化研究的代表人物。

字。今天学校还在教人识字吗？没有啊。现在的高中生看起来像是新人种，完全不把电脑当成一种科技，好像与生俱来就拥有了传简讯、玩 iPad、打电子游戏的能力。他们在 YouTube 上相互取悦，在博客空间里沉思哲学，在维基百科中贡献智慧，很娴熟地操作多重平台。约翰·哈特利认为，这会改变我们对整个媒体产业的认识。

传统搞媒体研究、媒体政策的人，常常把产业视为不证自明、真实存在的东西，甚至附加道德判断，认为所有产业都是巨无霸，很坏很混蛋，要来压迫我们。约翰·哈特利从微观经济学的角度认为，产业这个观念其实是不存在的，存在的是主体、价格、商品、交易行为、市场组织等。产业是个衍生词，不是一个自然概念。在互联网时代，媒体产业不再是巨无霸，每个人都是信息生产者，可以通过网络自由沟通；每个人都会有更蓬勃的创意、更好的作品出现。但他也承认，现在还看不到这个美景，大概是因为 Digital Literacy 的教育做得还不够。

（主讲　梁文道）

我们的防火墙

网络时代的表达与监管

李永刚（1972—　），政治学博士，南京大学政府管理学院教授。主要研究方向为互联网政治、政治学基础理论、地方公共政策等。

在中国，互联网监管不只是政府行为，而是一个全民参与的运动。

　　尽管我们天天跟中国式网络管理制度打交道，但市面上与此有关的客观研究少之又少，不知是否大家都觉得这个话题太过敏感。《我们的防火墙：网络时代的表达与监管》早在 2009 年就已出版，作者李永刚是中国较早一批研究网络政治的人。他并没有猛烈批判国家防火墙制度，也不是要帮中国政府说话，而是以学者的视角试图客观理解中国当前的互联网监管现状。我觉得这本书相当有价值，能够从互联网管理窥见政府各部门之间的互动关系，有助于理解政策运作的方式。

　　这几年互联网似乎主导了民间舆论的走向。2008 年至 2009 年，曾经有三个名词红遍全中国——"打酱油""俯卧撑""躲猫猫"，被网民誉为"中国武林三大顶尖绝学"。李永刚认为，除非有权力跟资本的强力推动，否则单纯的意见表达很容易在互联网的海量内容中被湮没，网民只有依托爆炸性事件上演一次次人民舆论战争，才有可能触动既有的威权体系。

　　为什么是与这三个词有关的故事而不是别的故事会被网民选择来进行大规模传播？李永刚的分析结论是弥漫在民间社会的怨恨情结。"群体的怨恨是一种特殊情感体验，它因无法或无力跨越因比较产生的差异鸿沟，一般只能在隐忍中持续积蓄怨意，或心怀不甘，或忍气吞声、自怨自艾。无权无势的网民，要释放道德紧张，舒缓怨恨情绪，一种廉价的精神胜利法就是聚焦于此类事件，完成一次'想象的报复'。"这类网络事件会让大家置身其中且情绪高涨。

接纳民意与控制舆论一并呈现，是转型时期政府行为的常见选择。在互联网发展之初，政府一度被"虚拟"和"数字化"所迷惑，耗费不少精力去追踪飘忽不定的网站和网民，结果发现效果不佳。当政府明白"虚拟"是幻象而"真实"才是本质时，互联网监管思路大开。原来是匿名者在暗，政府在明，既然政府不能变暗，那就想办法让匿名者变明。从 BBS 的 IP 地址登记备份制度，到网吧的凭身份证上网制度，从删帖过滤制度到实名上网制度，监管果然越来越有效。

现在中国互联网内容监管技术已经很成熟了，通过国家级网关的 IP 地址阻断、主干路由器的内容监测、域名过滤、监控软件、内容发布过滤等功能，将大多数网民能接触到的信息控制在政府能接受的水平。政府的互联网管理也慢慢形成了一套规章制度，但仍存在很多问题。第一个问题是多数国家的网络审查采取事后追惩模式，中国则采取普遍过滤的预审查。在预审查情况下，我们会发现有的网页打不开，但并不清楚原因。

像阿联酋进行互联网审查时会给你解释，比如你点击色情网站或反伊斯兰网站，会看到阿拉伯文和英文的信息："很抱歉，你试图访问的网站由于与阿拉伯联合酋长国在宗教、文化、政治或是道德方面的价值观不一致而被屏蔽。"在中国遇到这种情况，没有任何解释。

第二个问题是当下中国法律、法规禁止的网络内容和网络行为共计 14 条，但可操作的标准相当模糊。比如散布一些"危害国家统一、主权和领土完整"的言论是不对的，问题是这种言论要到什么程度才认定为有害？什么叫"危害社会公德或者民族优秀文化传统"？批评政府机关算不算"损害国家机关信誉"？向多数人表达自己的主张是否会构成"煽动行为"？对这些问题，各类法律条文中都没有细致规定。因此，对于禁区，要么自我审查，要么监管部门不断发公文敦促或提醒，增加了行政成本。

第三个问题是我们很难预测某一网站会不会在某一天被列入屏蔽范围。这与互联网管理部门众多和暗箱操作模式有关。有哪些部门介入互联网管理呢？国家信息化领导小组办公室等机构都担负了职能。所以，某个网站被关了，到底是谁关的？为什么关？可不可以去投诉？这些都不清楚。

从经济学解释腐败的成因来看，政府的管制偏好与监管政策的寻租可能，成为各部门腐败的另一种行动逻辑。当政府有权设定互联网运营市场和互联网信息发布的准入门槛时，可能诱导企业向权力抛媚眼以便实施不正当竞争；当监管系统大规模技术升级带来数量可观的硬件与软件购买需求时，被经济利益驱动的软硬件厂商可能通过贿赂来获取订单；对违规企业和个人施以经济处罚时，因为有一部分财政返还的诱惑，可能会加大处罚力度而加深腐败。仔细想想，当 2008 年三鹿奶粉三聚氰胺丑闻爆发后，百度存不存在屏蔽三鹿负面信息的可能性呢？

学者提醒我们，要警惕搜索引擎的霸权扩张威胁：由技术权力的合理追求转向经济权力的贪婪追求，继而转向社会控制力的越界追求。另外，我们也不要忘了，网民通常很自律，会互相举报。所以在中国，互联网监管不只是政府行为，而是一个全民参与的运动。

（主讲　梁文道）